汉家文章

汉家·著

晋军新方阵 —— 第二辑

这批青年作家没有放弃文学,而是执着地,不为时潮所动摇地踏上写作之路……他们矢志不移地坚持笔耕,写出了一篇又一篇作品。经过十多年的努力,这批作家逐步寻找到了属于自己的特色。现在,他们的创作正趋向成熟,势头看好。

山西出版传媒集团　北岳文艺出版社

图书在版编目（CIP）数据

汉家文章 / 汉家著． — 太原：北岳文艺出版社，2015.11（2023.9重印）
（晋军新方阵·第2辑）
ISBN 978-7-5378-4605-9

Ⅰ．①汉… Ⅱ．①汉… Ⅲ．①散文集－中国－当代 Ⅳ．① I267

中国版本图书馆CIP数据核字（2015）第264019号

书　　名：汉家文章
著　　者：汉　家
责任编辑：韩玉峰
装帧设计：张永文

出版发行：山西出版传媒集团·北岳文艺出版社
地　　址：山西省太原市并州南路57号
邮　　编：030012
电　　话：0351-5628696（发行部）
　　　　　0351-5628698（编辑室）
传　　真：0351-5628680
网　　址：http://www.bywy.com
E-mail：bywycbs@163.com
经 销 商：新华书店
印刷装订：山西万佳印业有限公司

开　　本：890mm×1240mm　1/32
印　　张：9.25
字　　数：224千字
版　　次：2015年11月第1版
印　　次：2023年9月山西第2次印刷
书　　号：ISBN 978-7-5378-4605-9
定　　价：48.00元

本书版权为本社独家所有，未经本社同意不得转载、摘编或复制

汉家，男，本名贾墨冰，1975年生于太原。著有散文集《白云送肉》《龙生龙》《1086年的夜莺》，诗集《火车大劫案》，短篇小说集《金枪鱼考》。

《晋军新方阵·第二辑》编委会

主任

杜学文

成员

杨占平　罗向东　张锐锋　梁跃进　潞潞

办公室成员

张卫平　闫文盛　孔令剑

全方位展示山西青年作家创作成果
——《晋军新方阵·第二辑》序

杨占平

山西的作家队伍,从"山药蛋派"到"晋军崛起",再到新世纪以来的"晋军新方阵",是一支阵容强大、实力雄厚、结构合理、成果丰硕的劲旅,在全国文坛令人瞩目。这支队伍中的青年作家,已经初具规模,成长为举足轻重的力量,成长为备受瞩目的文学新锐。

这批青年作家大抵在三十岁到四十岁上下,创作时间有长有短,创作实绩也参差不等。但是,这支年轻的作家新军潜力不小,他们中的几位佼佼者已经在全国文坛具有了比较大的影响,在一些国际和全国性重要文学评奖如世界科幻文学界最重要的奖项之一"雨果奖"、国内文学界最顶尖的"鲁迅文学奖"、全国优秀儿童文学奖等,以及有着广泛影响的专业评奖和报刊评奖中榜上有名,是各类权威性文学选刊上的常客。

我以为,这一代山西青年作家的成长,比起他们的前辈来,在文学生态方面还是有些艰难的。文学创作进入新世纪之后,随着市场经济大潮的全面冲击，整个文学态势逐渐失去往日的辉煌，开始趋向边缘化，像20世纪80年代凭一部作品就可以一夜走红、就可以获取到意想不到的名声和地位的局面，已然成为历史，笼罩在文学界和作家头上的光环悄然消失，一些有成绩的作家纷纷弃文转行，而大批文学青年的作家之梦也被现实打碎了。就是在这样一种不合时宜的时代背景和文学气候之下，这批青年作家没有放弃文学，而是执着地、不为时潮所动摇地踏上写作之路，使得山西的作家队伍避免了"断代"现象。这批青年作家大部分生活在基层，供职于中小城市，生活条件并不宽裕，只能在工作之余从事创作，有很多困难。可贵的是，他们矢志不移地坚持笔耕，写出了一篇又一篇作品。经过十多年的努力，这批作家逐步寻找到了属于自己的特色。现在，他们的创作正趋向成熟，势头看好。

为了集中展示当今山西中青年作家的创作实力，省作家协会2013年决定推出《晋军新方阵》丛书，并且于2014年选择十位小说作家的代表性作品，出版了第一辑。甫一问世，受到文学界和读者的好评，进一步坚定了我们继续做这件事情的信心。于是，今年推出了第二辑。这第二辑与第一辑相比，还是有一些变化的，主要是在文体上有了扩大，从单一的小说变为小说、散文、诗歌多门类，这样就显示出文学创作的全方位和多元化。

《晋军新方阵·第二辑》虽然文体上扩大了，既有小说，也有散文、诗歌，但是，从创作思想和表现方法上考察，这一辑入选的青年作家，跟第一辑作家还是相似的，仍然是继承了山西前几代作家的优良传统。比如他们对急剧变革的现实生活的热切关注，对普通民众生存命运的体验与表现；比如他们在艺术表现方法上基本使用的是现实主义手法，同时也注意吸收其他创作方法中有益的成分。我们注意到，这一代青年作家刚刚涉足文坛的时候，正是国外各种文学理论乃至整个社会科学思潮和国内各种文学主张盛行之时，客观上对他们的创作会产生或多或少的影响。当然，这种影响既有正面作用，也有负面效应，总的看，却是有利于他们在继承前辈作家传统基础上，形成比较开放的、具有时代精神特征的创作风格。

我把这些青年作家的创作特征，大致归纳为三个方面。首先是他们的作品呈现出了社会现实的丰富性、复杂性与鲜活性。像第二辑中李来兵、陈年、曹向荣、刘宁、张暄等人的小说，绝大多数是描写当代社会生活的，他们笔下的人物身份不同，但都是很有个性的，真实地折射出当今人们的思维方式、生存状态。由于这些作家一直生活在底层，跟大多数普通人一样，亲身经历了乡村、矿山以及中小城市的一系列改革动荡，可以说，改革的每一步历程都与他们的生存命运息息相关。这种切肤之感、这些命运攸关的体验，倾注在他们的作品中，就逼真地再现了现实生活的丰富与生动，具有了一种原汁原味的特色。

其次是他们有比较敏锐的艺术感受能力。读这些青年作家的作品，特别是散文和诗歌，比如第二辑中赵树义、白琳、汉家的散文，裴彩芳、温建生的诗歌，我能感觉到很少有那种苦涩的理性思考和个人狭隘心态的宣泄，更鲜有那种居高临下的讲话姿态；他们总是以一颗平常心去感受和体验世界，感受和体验人生，感受和体验写作，这样，他们就能够比较准确地把握住事物的基本特征，敏捷地洞察出人物的心灵奥秘，人物和场景在他们的作品中既表现得真切、自然，又具有他们鲜明的个性判断力。

第三是他们在艺术探索上不拘一格。这一代山西青年作家在艺术表现上，除了上述总体上的相同点外，细分起来还是有几种类型的，有的倾向于现实主义方式，有的侧重于现代手法，有的则介乎于二者之间，呈现出一种多元化的态势。这种态势正是文学创作规律使然。艺术探索之路永无止境，尤其是青年作家还处在成型过程中，更需要在艺术上尝试多种手法，最终形成自己的风格。

在充分肯定当今这一代山西青年作家已经取得的可喜的创作成绩，并成为整个山西作家队伍中一支活跃的群体前提下，我也感觉到，他们的局限和弱点还是显而易见的。同前几代作家相比，在生活体验的广度和深度上，他们跟赵树理、马烽等老一辈作家相比，还有一定的差距，尤其是老作家们以对农民命运的深切关注，以通俗易懂、流畅明快、幽默风趣的语言特色，以直面现实、努力揭示生活矛盾的精神追求，形成了自己的独特风格，并且被誉为"山药蛋"文学流派，这是青年作家还需要不断磨砺才能企及的；在理论素质和艺术修养上，他们还不像成一、李锐、张平、周宗奇、韩石山、张石山、钟道新、哲夫、蒋韵、赵瑜、王祥夫等"晋军崛起"作家厚实，特别是这些作家靠各自有个性的作品和文学主张，能够让全国文学界不可忽视的地位，就值得青年作家好好努力了。

如果我们把目光放得远一些，同江苏、上海、北京、广东等地与山西青年作家同龄同代的作家相比，他们的局限与弱点同样是十分明显的，主要表现在他们的知识准备相对较弱。那些省、市的青年作家绝大多数是正宗名牌大学毕业生，有些还有硕士、博士学位；而山西青年作家中接受过名牌正规高等院校教育的还不多，这就使他们在知识准备上显得有些先天不足。当然，能否写出好作品，并不完全取决于有没有名牌正规大学的文凭，文学史上靠自学成为大作家的例子也不少；但是，我们都知道，现在的社会是知识主宰一切的时代，社会的发展主要是靠知识的推动，无论从事何种事业，都必须要具备扎实而广博的知识，才能有所成就，当作家也脱离不了这个规律。此外，由于那些省、市地处改革开放先进区域，经济和文化都比较发达，青年作家们接受新事物和学习先进的思想文化，自然比内地同行要快一个节拍；而山西青年作家地处改革开放比较落后的区域，对于许多新事物和新思想的接触，不免要晚一定的时间，于是，在观察急剧变革的现实社会方面，在使用艺术表现手法方面，都难以跟先进省、市的同行同步。不过，我认为，山西青年作家们已经意识到了他们的这些局限与弱点，正在虚心学习别人的长处，努力克服自己的不足，他们是有可能创造出新的辉煌的。

二〇一五年十月

目录

自序　汉语

辑一　放了鹤

003　白云送肉

005　湖心月

008　晚宴

010　他不是外国人

012　乙先生

014　第一眼莲花

016　海龟先生

018　蟠桃会

020　你即使一事无成

022　吃奶

024	咏而归	072	小拯救及向猪道歉
026	不分	074	西游书页记
028	难以置信的事情	080	水浒记
030	球	090	西游啊
032	今生我已想不起他们的脸	092	甄宝玉和假悟空
034	龙门	094	今日开哪一朵菖蒲花
038	五更之后		——记诗人车前子
040	合欢	099	之岩石
042	绵掌		——读车前子的诗
044	你的南方有水	104	之汤汁
045	概率		——读车前子的诗
048	蝴蝶	114	作为存在的而不是
050	苍孙		作为避世的胜利
052	晚次		——读潞潞的诗
054	开花调	118	男女老幼忠奸
056	四临门	122	猪肉
063	我家过冬	123	晋味
064	风流不见秦淮海	126	破嫁
066	窦娥	128	然后书之
068	瓢	130	说梁祝
070	小拯救	133	万夫莫开

135	我曾经来过	189	冰雪衣钵
137	他的父亲母亲	191	声东击西
139	小暑笔记	194	世险人安
142	讣文	196	午时唱早
		198	甜美砒霜
		200	生生日怪
		207	背身而泣

辑二　一株雪

147	汉语生象	209	谣言妄语
151	危险旁白	211	流年无色
155	破茧偷生	213	一根羽毛
157	来份便当	215	风雨埋香
159	乘风沐雪	218	藏金显贵
162	路远人稀	220	浊日清霜
169	从未启封	222	黄金万两
171	呈堂证供	225	因果循环
174	红袖青衫	227	足音交杂
176	一阙升天	229	当头开示
178	地图之外	231	哎哟妈妈
181	精子快车	233	魔术先生
184	人间春药	235	温柔当令
187	通体雪白	237	气味相投

239 阴奉阳违
241 摁上指纹
243 一丝不挂
246 摩登城市
248 清好俗艳
250 天生天灭
252 舍不得你
254 硫黄与火
256 水远山长
258 高呼低唱
260 八千公尺
262 天使之眼
265 目力所极
267 我说不出
269 记住所有
273 禅声起落

自序　汉语

　　饰品店的招牌使用日语。进店的第一对情侣说法语，他们说个不停。年老的流浪汉唱印第安语歌谣，请为我插上这支羽毛。

　　平均一星期走错一次房间的教授说德语——偶尔走错两次，偶尔走对。受责罚的弟弟说泰米尔语，"妈妈，我下次不敢了"。汲水的姐姐说越南语，明年她要嫁人了。

　　猎杀布谷鸟的大叔说土耳其语，布谷鸟说波兰语——波兰，波兰，我的祖国！

　　被放逐的诗人和轮流登台的政客都说俄语。写信的离乡人选择葡萄牙语。父亲滔滔不绝地说英语。在篝火旁跳舞的年轻人说意大利语。"啊，今天是周末"，欢快的面包师说丹麦语。

　　战士说希腊语。喇嘛说藏语。

　　我们说汉语。

辑一

放了鹤

白云送肉

我刚刚好走到了一棵朴树下。

我靠在朴树上,旁边有一块石头。石头不说话,鸟儿在鸣叫,一些光线照着我。日子还是不够长,要是再拉长些就好了。我陷入拉长的想象中,拦截那些"缩短"的念头。如果迟到可以拉长事物,我情愿成为一个迟到者,成为一个羞涩的迟到者——重要的不是迟到,而是拉长。

拉长那些迎来送往的大同小异的故事。拉长那些无能为力又不可思议的坠落,最好将坠落拉长为永不落地的一种坠落,让它一直速度着。我沉浸于不可能的拉长中,白日却不断地缩短。时间一直在速度着,牵肠挂肚地一直在场着。

我朝向快要落下的太阳,它有镇静剂的功效。

我忽然静了下来,也就疲倦了,也就不必依赖想象去拉长什么了,我想一切事物可能早被拉长了,一切已不可能更长,正如一切事物可能早被缩短了,一切已不可能更短。一切都刚刚好,刚刚好我还活着。

刚刚好活着的我去了苏州的留园和沧浪亭。留园是想法的留园，游到兴处，感觉园内处处可安营扎寨。沧浪亭是天性的沧浪亭，游到兴处，觉得全是古人家的地盘。对比两个园子，我更喜欢沧浪亭，愿天性的只归于天性，天性亦是刚刚好。

刚刚好我就走到了一棵柳树下。

我停在柳树下，旁边有一株月季花。月季花不说话，蝴蝶在飞舞，一些阴影在移动。

刚刚好我还梦着。昨天阴，今日晴，我问，"白云白云，你几时为我送来些肉"；我又问，"清风，清风，你何时为我送来些酒"。

刚刚好白云和清风都来了。我敞开了喝酒吃肉，和白云划拳，与清风话家常。

刚刚好我正梦着，忘记了我也是一块肉。

湖心月

　　你有二十四节气,我有二十四番花信风,花开的时节一到,肉心就磨出茧来,等候梅花开放的妆容。你支起身子,说江山的闲话,发脾气,那就滔滔水浪,肠断处是辜负的一朝一夕一华年。

　　所以不顾许多,偏煮野鹤,放入苦辣酸甜。你的手碰翻茶水,连同笔墨,浸湿额下的汉语短章。凶年不语,你的放肆、蛮腰、破阵与大话,我听得仔细。我说你该让一汪春水覆盖,夜深时,知己打开竹制的门扉。三三两两的先行人,你的蛾眉紧,端出开运的铜镜。香可以熏到天上去,泪不沾衣,你认得节气的分量,称一称几斤几两,几回月满长安,几个薄命新颜,几人愁煞?你有架子,贵气十足,讨前朝的花酒吃,笑出了天地。原来如此,我在白骨成灰的隘口,听得你在谷雨时节,放手拔苗斗草玩。你着绮罗与绸缎,江南的布匹竟能通篇红色,你懒懒地镶金边,不理朝圣的凤凰。

　　你的心迹,不在人情长短,化为梦里喧腾。我不穿华服,披散头发,将长剑举至头顶,猛虎下山,蚂蚁上树。钟声适时散去,你静悄悄端坐在马扎上,给自己加餐饭,喂得饱饱的。你的舌头生津,四肢张开,歪头歪脑出鬼点子。你把这里裁掉,将那里搭建凉棚,妥善安置稻草人,小麦田含着包裹不住的绮丽。一转脸,你就变得没志气,赖在床榻中央,你的心思我知道——可是天色,我要看一看老天爷的脸色。

人在世间忙,挑夫的重,还有骑马的轻。你习惯眯起眼睛晒太阳,瞪着眼珠找遗失的谷粒,说与谁听的空当,你在狭路弄诗,卖掉良田千顷买闲宅,为的是腿脚方便。你的祖母还在叮咛,难得看到陌生的喜气,你扭过小脸,就是笑。新嫁的小女,在里屋,穿棉香袜,那双新鞋规规矩矩立着,怕人问起当下的时辰。世间能给你的不过是鱼肉布衣,你是飞在一边,尽管落在生硬的境地,却不寒,自给一窝暖气。我呼你喝粥,热热的,冰雪消融。唤你也不回,鸡鸣五声,狗吠了九遍,你还是做朱楼的小表妹,痴心花事,莫愁花开早。

不可放任,我狠下心打造栅栏,拿来围挡你。我想你会老实点,比如学人家六宫粉黛,慢悠悠需旁人搀扶,软语轻声。你却使硬的,撒起野,小性子一发不可收拾,哪管眼中的方圆。我是怕了你,怕你挑拣人间冷暖,竟变了寒暑季节。我是怕了你,怕你深挖红瓤的西瓜,甜甜地招我过来,白露与寒蝉未到,我就丢下了扇子,甘愿为奴。你是开阔去的,长江长过了三里八乡,你还要更长一些,抵达飞萤往来的小站。你是静的,你说停下就停下,拨弄发丝。我望见你的衣衫与手札,炉火燃烧,你护住汉语的法身。

无聊的是午后,扮家家的伙伴作鸟兽散,没有人惹你,你却委屈。你够着胭脂红,那时的货郎为美少年,你偷眼望。你尽管周游,听民间的语文发酵,想象塞北大漠的样子与一口寂寞深井。长大后,你有白鹭鸶的长腿,跨过去,无非踏响一支等你的芦苇,怜惜已不经意。我不与你绝世,人间常是烟火散;我不与你卜卦,你生就一副好相貌。你不能有切肤的冷,不必见寒潮,你不担心这些细碎,你说你自有胆气，能饮足够的酒，开出了春风浩荡，浩浩荡荡。

我坐下烤红薯，你采摘棉花，东城的月光为什么倾斜？而我生在北方，那是李渊造反的家乡，我读书写字，顶着反骨描摹花草。你劝我马蹄声地嘚儿嘚，还不是啸西风的下场？不如学夜半的狐狸精，那才是通透人织的一张好网。你向我撒了小谎，说天地玄黄无非儿戏，生死大义比不得月色上屋顶很安静。我的阳谋逃不过你的双眼，你有菩萨心肠，温暖打寒战的小兽。你赠我棉袄和烈酒，与离乡人一起住进了石头。

你呵气的模样、你提花锄的劲力、你的后方谷仓、你收起的弓箭，你的了了。我竟然忘了自己身在何处，是否吃过你烹煮的如意菜，粉蒸糯米团的清香是否依然在口。我竟然忘了自己身在何处，是否痛饮过桂花冬酿酒，是否与你遮天，一时平分过天下。尺牍两相尽书，穿墙而过的是凤毛麟角，你的良辰属于你，我的美景属于自己。你的字一颗又一粒，汉语的馨香传至我的耳畔。你的欢喜是满的，你说好诗歌不是谋出来的。

清人宋湘有二句诗云："相思但看湖心月，有汝清光有我秋。"

你有清光，你乘时而起，你是湖心月的现在身。

晚　宴

　　我早知道克里姆特藏在这里，他和弗洛伊德勾肩搭背。

　　布雷东来晚了，萨特一脸狐疑，点燃手中的烟斗。斯特劳斯，这个探险者的敌人，他正与高更说着热带的奇观，大概岛上的土著女人已经追到了门外。洛克与卢梭在争辩。洛克说得对。

　　蒙克开怀大笑，原来他的阴郁是伪装的。凡高的鞋似乎比提奥的鞋大些。普拉斯在壁炉前遇到了波德莱尔，他刚为巴黎的死狗和死猫举行过葬礼。普拉斯忽然听到了什么，大惊失色。屋外的草地上，兰波对着崇拜者撒尿，他笔下的粪便也是可爱的。茨威格不停地发问，他拽住了卡莱尔，分析英雄崇拜的意义，我不想参与他们的话题。

　　毫无疑问，我不喜欢日内瓦的加尔文，鄙视警察头子富歇——我和大革命的流血者站在一起。

　　我看到了尼金斯基，这个可怜人，这个伟大的舞者，他说神将交付一切，一切进入了黑暗。荷尔德林在哪呢？尼金斯基从二楼下来找他，并且唤上了尼采和叔本华，别打扰洛特雷阿蒙，他已经离开了那个神奇的医院，雨伞遗落在手术台上，缝纫机的机油也用光了。

维特根斯坦安静地坐在角落里，但安静了没多久，他就起身找香奈儿聊天去了。普鲁斯特是沙龙的常客，他大声地表达异见，脸色通红。乔伊斯呢？海明威刚给乔伊斯写了一个便条，吩咐侍者转交到他的手中，没错，那是标准的电报体。

塞林格来了，我给了他一个拥抱。如果我见到石川啄木，就向他鞠一躬，他是日本诗歌的骄傲。邓肯女士哭了，可能她刚被尼金斯基奚落了一顿。马雅可夫斯基没陪她一起来，女神今天可不走运。

晚宴供应红酒、甜点和水果，不提供毒品与镇静剂，凯鲁吉亚失望极了，向金斯堡一个劲儿地抱怨。寒山子不在场。福克纳悠然地靠着椅背上，菲茨杰拉德背向他，了不起的是时间，是马尔克斯的时间，是一百年的时间，是永远的孤独。卡夫卡正在咳嗽，他的手指细而冰凉。瓦雷里、圣琼佩斯、里尔克、艾略特围在一起密谈，这让我闷得发慌——嗨，海夫纳带着你的兔女郎到这边来吧，亨利·米勒来了，劳伦斯也来了——快！快拦住萨德侯爵！

我为波伏娃倒了一杯红酒，她真美，刚从美国回来的她真美。康德耷拉着头。黑格尔在楼梯扶手旁思考着什么，面色凝重。本雅明一脸愁苦。卡佛低着头变一个小魔术，消磨着时间，没有人注意他是怎么变出来的，真该给他再来一瓶威士忌！但丁说这里有玫瑰花，那么就在这里跳舞吧。

每一个来宾的大脑，集合二十六亿个神经细胞，类比一小群蚂蚁。文化的命运变异，人民是绝大多数，是大象，是迟钝的胜利者。

他不是外国人

他被错误地等同于物,这令他感到恼火,但他深知这个错误是难以避免的错误。

他懂得一些魔术的技艺,运用如此技艺的人难免不产生非人间的自我幻觉,或产生一种麻醉。

他的忤逆散发着一股甘心归顺的味道,促使他决然走向反面的是从正面而来的某种压迫式的鼓励。他常常模糊正反两方面的价值核心而听任自己的直觉办事,这是因为直觉在他的谱系中直接脱胎于伦理。他的伦理是行动的伦理,是正在进行的事件并多以反价值的价值得以实现——有时候则完全相反。

他从不给虚饰与脆弱好脸色看,他厌恶它们——不厌其烦地厌恶它们,他几乎将这种厌恶当成了个人的使命。这厌恶导致他呕吐,他必须吐出语言的石块和血团后才能恢复心灵的平静。每到人生的一个阶段,他就需要清理一次情感与理智的肠胃,他的自我清理充满着危险的探索性质,其危险性相当于九死一生。

他的易感性长出繁多的或粗硬、或细软的触角，深入人与事的夹缝中。他不是被动地接收人性的信号，而是按照自己的语言翻译了这些信号。他不是在观察，而是同感受。他不仅是倾听者，更是再一次的讲述者。他不是外国人，他永远不是外国人，他是人类的单个人——他只能是单个的人，人类只能是他的总括性的族谱。

他信任飞行，信任不发一言的肝胆相照，信任傻兄弟。他信任热血，他的热血继承着善良的遗传，这使他总是不由得心生怜悯，不由得手软。他信任拒绝，他肯定地认为"拒绝"在当代是一种稀缺的品质，如果这"拒绝"由始至终都是高贵的话。他信任风，信任爱情的闪电，信任飞速旋转的事物，信任旋转的事物的稳定核心。他信任风驰电掣，同样信任另一面——他无比信任那来自心底的永固的沉着，一种可怕的洞察力的源头。

他所经历的一切烦恼在改头换面后又来造访他，似乎这些永远在重复的烦恼是杀不死的：他继续与它们进行周旋和战斗。他经常暗想自己这次可能要失败了，他从来都没有必胜的把握。

他有他的身不由己。他的大道与小路都具有难题的分量，都是半条活路或死路半条。他的出路是不可以屈服，脾气也不可以太大，那琴弦要稳住，一定要稳住，必须只一次就牢牢地稳住。

他有他的两手空空。他有他的徒劳。他的慈悲亦是利剑在手。他的有情亦是有情人面临深渊。他的爱竟是一种罔顾。

那是他的罔顾啊，那是他的惘然。

乙先生

乙先生不喜佛。我问何故？她说好端端一面墙，被佛占据中央，太妨碍我穿墙而过了。这就是乙先生的风景。

与乙先生见面时，场面热闹。但唯独我一人明白，她是个绝世的妙人。"天才"一词若放在乙先生身上，会被她嬉笑。这敬重深切，反倒无言了。

乙先生写诗。我读到入眼的诗歌，也递过去给她瞧。十次有九次，她匆匆过一眼，说这诗不行。她的这一眼，已是珍惜了。如遇到她喜欢的诗，她也不过说一句这写的是诗。那神态自得，意思是不见得写出好诗就是什么天大的本事，平常事理而已。

前几年，国人抢盐。她说抢盐的荒唐后面，有凡俗人家的结实自满。她的话如灯下闲话，人情味浓，又平正庄严。乙先生的可怜心，总是有喜色作底。冬日里，买几个烤羊肉串，她可与小贩聊一聊天。她笑问你冷不冷啊，小贩少有听到顾客如此突兀而亲切的问话，倒不知如何作答了。

乙先生喜爱张爱玲和胡兰成，也是这可怜心当道。她对张爱玲后期的文字无热忱，非关文学品格，竟是一篇惋惜。一般讲来，喜爱张爱玲的人对胡兰成这个稀世花心人，多有怨毒。可是乙先生每每说起胡兰成，亦不加私怨，还赞其文字无两。乙先生慈悲为怀，不独在张爱玲这一边，所以她识得张爱玲的真味，也认得胡兰成的真人。

乙先生早起，先喝一杯茶。喝过的茶叶，她不丢弃，而是吃进了肚里。她舍不得扔掉茶叶。原来茶叶也有三生之缘，入其口，草木方得了一个轮回。她谈起白居易，不是论文字，而是言元白。这个白居易就活了，仿佛我们随时可与他吃吃茶，围着火炉说说春天的桃花。我听她偶尔论李白、杜甫和元好问，这些人如在世一般。她的态度随意，并非当他们为大诗人，而是如老友故知。

旁人论及她的诗歌，常有两个误区：一是说她只依附古典，岂知乙先生的诗歌说的都是今日之人情物理，好在都是她的直接感受，好在生而为人，如李渔所言"竟似古人寻我，并非我觅古人"；另一个是只见她的温婉，不知她的作品中最见光芒的是高音区的飞行——她与万物生情，四处野，拽到了天心深处。

据乙先生说，她读书不多，至今未读完《唐诗三百首》。我信。如我不识生僻字眼，她笑言，也不识，查过后，不几日又忘了。

谁也有过少年。二十年前，如果白马伺候，我也能衣锦还乡。柳如是写道："大抵西泠寒食路，桃花得气美人中。"所谓青春难自禁，风头正好。

钱谦益写道："道人不作寻花梦，只道漫山是白云。"却是我今日心境。

乙先生断言城市人是没有老祖母的。而我的漫山是白云。

第一眼莲花

你只有一次机会可以边跳新疆舞边嚼口香糖边用左眼瞟向角落里那个短头发的男生。当然,你在边跳新疆舞边嚼口香糖的时候,大可不必用左眼瞟向角落里那个短头发的男生。

你只有一次机会在清晨看着镜中的自己时突然想离开这个鬼地方。因为你感到一阵极度的晕眩,然后就感到了恶心,仿佛你是一个从来都没有感到过恶心的人,今生头一次感到了恶心,你告诉自己你必须从现在开始就离开这个鬼地方。当然,你有权利习惯这种恶心,习惯这种时时刻刻的恶心。

在一个昏昏欲睡的星期天午后,你只有一次机会梦到了儿时邻居家脏兮兮的小姐姐,醒来后你也许不仅忘记了这个梦,甚至忘记了你曾经睡着过。当然,你或许在醒来后默默望向窗外的夜空,泪流满面。

你总是趁没人注意的时候将"例外"简单包裹后扔进门前的垃圾桶,你只有一次机会将"例外"进行彻底解剖,并将其以标本的形式珍藏一生。当然,没有人能够阻止你继续丢弃"例外",直到有一天它被你换成了"无一例外"。

你试图捕获他的心,你精心设计了各种巧合只为捕获他的心,你那么爱他,但收效甚微——"水果馅饼!",是的,唯有水果馅饼!你要捕获他的心只有靠水果馅饼了,你要为他做一次水果馅饼,你只有一次机会:在一个愉快的充满家庭氛围的周末夜晚为他做出了美味的水果馅饼,这是全欧洲——不,这是全世界当之无愧的最美味的水果馅饼。你只有这一次机会可以捕获他的心——他只有吃了水果馅饼后才能产生了解你灵魂的兴趣,并最终爱上你。当然,你也可能由于过度的亢奋而将水果馅饼做砸了。

他对你倾诉生活的痛苦,他感到了绝望,几乎不想继续生活下去了。他的话语带着生活中不断积累的残渣,或者他说的所有话语的实质只是残渣本身。你只有一次机会可以冷酷地告诉他真相,即他是一个病人,是一个孱弱的自我怜悯的家伙,是一只饥饿的老鼠,是一个令人讨厌的喋喋不休的中年废物,是一个虚伪的可怜虫,是一个没有分量的人,是一个口口声声说不想继续生活下去但缺乏勇气自杀的人——你向他说出了真相,这将导致他从38层高的天台上平静地跳了下去。当然,他或许在听完你说的真相后就去小区物业办公室交清了下一年度的物业费,也就是说他将勇敢地选择继续活着。

你读佛法,向高僧大德学习。你遁形,你看空,你苦研不二法门。但你只有一次机会,在大雪纷飞的贺兰山上,猛地头皮发紧,那眼前白茫茫的雪啊,那不生不灭,自此你再无分别心——你只有这一次机会将庙宇即刻背在了身上。当然,你也可能从此以后就断绝了与佛法的因缘,一心一意上班去了。

你在5月21日下午3时47分无精打采地穿过解放南路中段去超市买几罐啤酒,只有一次机会,你一生只有这一次机会在汹涌的人潮中与她擦肩而过——或许你在这交汇的瞬间第一眼就认出了她。

——当然她在这交汇的瞬间第一眼就认出了你。

海龟先生

　　我爱了，那清凉的海风也知道我爱了。

　　我真的爱了，我爱你，我的海龟先生。我爱了，爱着海龟的一切，爱面前的你，也爱你身后的大海，爱亲爱的海龟先生。我不知道我怎么就爱了——就这样爱了，亲爱的海龟先生，我爱你，爱一点儿都不剩的你。

　　来吧，那海边的渔村，那大山里的子弟，那乡里乡亲，我要你们都知道我爱海龟先生，我要人们都知道我爱了，都知道你就是海龟先生。亲爱的，因为你是海龟先生，所以你怎么可以不被我爱呢？不被我爱了，你就不是海龟先生了，你可以是任何东西，但唯独不是海龟先生了：你可以是大象，你大象大，但大有什么用呢？你可以是龙，你龙威风，但威风有什么用呢？——你不是海龟先生了，就算你是任何东西都没用了，因为你如果不被我爱了，你小子就完蛋了。

　　你完蛋的样子一定很丑，一定很傻子，一定很可怜，可怜兮兮的，你一定很穷："求求你们给我饭吧，给我衣服穿吧，我快要饿死了，我快要冻死了"——就像这么穷，可是这怪谁呢？当然怪我了，怪我不爱你了，如果我不爱你了，你就不是海龟先生了，你就彻底完蛋了。但我爱你，我深深地爱着你，你被我爱的样子一定很帅，因为你是我的海龟先生。

你一定很聪明过人，很让邻居们羡慕你，你一定很富："大家安静一下，听我的，我就是海龟先生！"——你就是这么富，我亲爱的海龟先生。

我爱了，春天的风知道我爱了。我就爱海龟先生，因为人多么孤独，一个人一想起全世界就多么孤独，全世界这么多人，这多么孤独，这让我怎能不爱你呢？

我怎能不想和你好好活着，和你活下去，老了也不要死，就赖着不死，因为我和你是分不开的，因为我爱你，所以我们谁都不要死——什么？！两个必须先死一个？这可不成！我们都不要死，横竖我们造反得了，真是欺负人，我们一起去造反！

老了去造反，我搞好伙食，你冲锋陷阵要加餐。

你说呢，海龟先生？

说你呢，亲爱的海龟先生。

蟠桃会

来来来，沽酒来。清风清水，焚香垫道。

山上的时日，地下的迷途。我的良人，我的蟠桃会。我刻在白璧上的诗被烟尘染上了烦忧。你赠我的一个铁如意，与纸砚放在一起，并列着。我踏步而去。

正午，恒通当铺的四爷向我微笑，我说，您老好啊，当下的日子紧，留在您那里的歌赋，请妥善保管，有朝一日，我定然赎回来。

赵员外的小妾昨晚自沉于后院井中。春香楼的头牌姑娘远嫁到北方。张屠户脑袋上的肉瘤还在疯长。大和尚在初六开坛，不出意外，棉花巷的七嫂一早就会赶到。码头上新到了货物，号子响起，醉仙楼的掌柜正往嘴里送一枚上好的荔枝。一只蜻蜓飞入了花丛，我昏昏欲睡。

拐子陈、麻姑、独眼黑三，落脚在旧日的小店。缉拿红脸盗贼的捕头，今天不去衙门，倒是与临街的女子调笑。山林中的大王闭门不出，搂着新劫的压寨夫人。

奇迹与野史，翻开漫长的诗书。我将帽子戴端正，佩一把生锈的长剑。塞外的驼队沐浴着黄沙，向西，一路向西去。在江南的阁楼上，香气四溢。画舫顺流而下，诗人放浪形骸。

中秋那天，我的心埋在了花架下。诗会的帖子搁在窗台。京城的学堂里，孩子们咿咿呀呀。轿子从前门而来，我盘坐在树荫下，翻看一卷残破的宋版书。

我思念姨妈家新摘的春茶。我的银子挥霍在河南、河北、山东、山西。

被砍头的造反者，临刑前总有一碗烈酒喝，哈哈大笑。史官们在深宫议论。皇帝挑拣雪白的马匹，御林军的小伙皆膀阔腰圆。税赋缠绕着地方小吏，拖家带口为官，常有辛酸泪。北部，牛羊成群，越过了北中国。早起的小贩迎接太阳，您给他几个小钱，就买来一碗醇香的豆浆。

前几日，操琴的你向我讨一首诗，现在我已写好，来吧，我在书房等你。

人世的烽烟熄了又燃，野戏唱完又开锣。胡琴呜咽，以及不着调的因缘聚散——我在哪个朝代与你何干？我只是在等你，千山万水已过，我在等你。

你即使一事无成

　　泰戈尔的诗离得海远一些,他的诗是山林的头一道朝霞。泰戈尔是有老祖母的诗人,有的诗人却没有。老祖母是伟大的家族传统,是一种语言的保守主义,一种慈爱美学。纪伯伦的诗在惊涛骇浪中远行,危险始终存在,但他在任何时刻都沉得住气,这不是因为他是先知,而是因为先知是他的老友。

　　波德莱尔的诗在巴黎的旧街巷和新大道之间,在死猫与恶狗的侧面。浓妆艳抹的胖妇人背后一定有一个他可以为之去死的美人,但美人总是对着他说不,不不不。

　　兰波的诗新鲜极了,自然的新鲜,花、石头和粪便的新鲜。他新鲜到随时都可能与你同归于尽,他的爱铤而走险。一切的新鲜由他而感发,以至于那最后的地狱都与大众化的地狱不同——他的地狱是为了他而新造的,只等待着他,只忠诚于他。这种新鲜令我肃然起敬。

　　洛特雷阿蒙是新加入探险队的一个小伙子,他毫无经验,但他刚加入就看到了旁人一生都难以看到的隐秘景色,并阴差阳错地误入变形的险境。他由于青春的饥饿而吐出了奇花异草，由于他根深蒂固的恐惧，所以他梦见了人类从未梦见的庞大冷血的怪物，并以遗书的形式留给了后人。

惠特曼的诗是伐木工人之歌，我有理由相信他是伐木工人工会的领袖，但他不是。他天生自由浪漫，蔑视世俗的纪律，这么说吧，在我的印象里他就是一个野蛮人。可是他的诗热情坚贞，就我来看，他的诗遵循了美国式的诗歌纪律。他和郑板桥都爱男人，似乎郑板桥只是爱慕，而惠特曼却是在一起生活。

普拉斯的诗给我的感觉是阴郁的、口吃的，她的不顾一切不影响她对自我的怜惜。她的诗仿佛被一根脐带所缠绕，她一生都在找一把锋利的剪刀，妄想剪掉它。她终于找到了这把剪刀，但没有向脐带动手。她不是瞄错了方向，而是疲倦了，她索性用这把剪刀干掉了自己。

我前天读了辛波斯卡，却肯定我一出生就已经遇见她并爱上了她。我和她的前世有过一次不期而遇，不是在喜马拉雅山就是在太行山——命运一直阻止着我们更提前地相爱。牡丹花是粉色的，山茶花是白色的，总之你若是一条鱼，大自然允许你飞在空中。

塞克斯顿的诗从不口吃，她最爱说，"是的"，她斩钉截铁地说，"就这么做！"她的诗中那些女性器官皆是深沉的隐喻，她的隐喻不只是关于女性的隐喻，更是关乎于人类。她是那种你愿意和她终生做爱的女人。

我关了灯，准备睡觉，我呢喃着亲爱的。

吃　奶

有时候，两岁的小孩子正在玩，你却喂他吃奶，他大哭——他已经学会反对了。

向外的反对具有与历史一般的传统，普遍的，也极有可能是平庸的。真正的反对是向内的——你反对的首先是自己，即真正的反对开始于反对自己。只有那些最不能妥协的灵魂，其反对最终结束于自己——从反对自己开始，亦结束于对自己的反对。贯穿这里的反对，说到底是一种基于反对的信念，一种以否定面目出现的肯定。

如果你肯定自己不动摇，那么除你之外没有什么是不可动摇的。

那好，让该动摇的去动摇好了，这很好。你依然不动。

事实上你不动摇的部分不是你创造的部分，而是你跟上的部分，那是比你大得多的部分，那是天意的部分——你融入了它。

所以你在不动摇中并不惧怕被审判。

可怕的不是被审判，而是审判本身：你既是审判者也是被审判者——你是审判本身。

审判属于语言的范畴。审判词的语言或语言的审判词是一种难以避免的迷惑，因为迷惑即是一种语言，一种永不结案的审判语言。

审判中，我的眼睛望向哪里，哪里就有一双同样的眼睛望向我。那望向我的眼睛是我的眼睛的影子。

我的眼睛不演讲，也不辩论，它只是感受。我信任我的眼睛，也就信任那一双望向我的眼睛。

为了安顿好我的眼睛，我想我该住下了，该办个证件了，我是说时间不早了，我应该拥有一座城了。这座城里有我的眼睛，也有望向我的那双眼睛，当然审判还在继续。

应该拥有一座城，世间无论何时都应该拥有早春的味道。

那混合着青草味道的晨曦，那清风和乌发，那关于时间的宽容和正在悄悄发育的一切，那直到发尖都感到舒服无比的清凉，那播下去的种子和长出来的叶子，那如期来临却不令人难堪的感伤，那顺其自然的感伤啊。我记得，我终究记得，记得这一壶岁月，记得我望向的和被望向的，但我终究要身世两忘。

有时候我真想和他们说，噢，算了吧，何必呢。这绝非是一种警告，而是我将心比心，无非是四两对半斤，无非是五十步笑百步，无非是前一人与后一人，都不必计较了。

不必计较了，我就望向望向我的那双眼睛，就审判着。反正眼睛是我的眼睛，反正影子是我的眼睛的影子。我就不急了。

——有时候，你喂两岁的小孩子吃奶，他正好也想吃奶。他笑了。

咏而归

天无言，天意无论生死与胜负亦是与人类无言以对。

人通常失手与灰心，通常麻木，通常每一个日子都无甚稀罕，混着也就过去了。人的言语亦如此，要么开口即哑火，要么喋喋不休地不知讲了些什么。而人的沉默大都不是闭住了嘴巴而是已败坏了胃口。

天意不可测，人活着若有个兴头在，已是大幸。兴头也就是意思，人总要活得有些意思。意思来于志气，志气在骨头里。人有了这个兴头，在患难处可见真章。有了真章，人的面目就大致不会差劲，就算是没心没肺的欢喜或哭天抢地的悲戚，也是有一分面目洁净。

欢喜也好，悲戚也罢，都是人在旅途。古人画画多有行旅题材，所画山水又多寒山，旅途艰险，虽有大自然的雄奇俊伟，行路却要加倍小心，美景可恋但终归是要告别，再向前走去。向前走下去，也许偶尔被路途上的危险惊出了一头冷汗，也许在某个路段遇着了好机缘，忙不迭地感激命运。人生不过是似喜似悲。

人不可自我催眠，所以要夺一条路出来：失手的再下一次手看看，灰心的就押上全部身家再试试，麻木的要学习发出尖叫或面含羞涩——正因为人活着通常是没意思的，所以要活些意思出来。活出了意思就会闹出些动静，动静大的话，就成了一种人世的惊动。人还是要闹出些惊动才好。

惊动之下，江湖与庙堂都是人的修炼道场。天道扶弱与扶强，全凭个人造化。人世的吉凶未卜，一时一地、一得一失皆难以尽言。只要有个对自己的护惜在，人就不要害怕，就解放去，去较量——人的纯忠是纯忠于万事万物前的那个真人的真，啧啧，要敢在千疮百孔之后依然信以为真——至于能不能行得通，不管不管，那是天的事。

不管不管了，那是天的事——让我像孔子的学生曾点一样在暮春时节咏而归吧。那时的我穿着春天的衣裳，模仿鱼儿游泳，更想站在高台上欢迎从山谷方向吹来的春风，我流下了泪水，然后大声笑着，唱着歌和你一起回家——天有天的事，和你一起回家才是我的事。

可是天有天的事，也该着您管管了！

不　分

我曾忘记了一些教训。

远和近。远是一个完整的想象，想象是不真实的。还是远。想象中，远的面目极其清晰，清晰成一个肯定式的想象。近是一个评价体系，远是回声。近是拿定了主意的手，远是目光。远不是对于近的羞辱，而是同情。近如果是杀头，远就是二十年后的又一条好汉。

近是"对或错"，远是"催眠"。

浓和淡。浓是麦收时节收麦的人们，在某一不可违抗的时刻听命；淡是稻草人。浓是一个迫切的表达；淡是可有可无却偏偏可有的感受。浓是一张被喇叭吹奏出来的证书；淡是望一望，各安天命。浓是无论走到任何地方都带着一个永远的故乡；淡是无论走到任何地方都是它此刻的故乡。

浓是"如果有永生的话……"淡是"放弃了遗产"。

疏和密。疏最不可能是无数的光，但光侵略了它。密不是经久不息的压迫，而是沆瀣一气。疏有时是瘦，瘦诗人，家徒四壁而吟诗作画,吐血;疏有时是胖,一个胖和尚,走不动远路了,就躺下来睡大觉,一睡就睡着了,一睡着就做梦了,笑嘻嘻的。

疏是"何去何从",密是"红娘"。

阴和阳。阳是实物,阴是一口气。阳是在阴影下点着的一团火,噼噼啪啪。阴是在夏天午时自脚底板升起的一股寒气,面目莫测。阳是锣鼓点,鼓点如排兵布阵。阴是深山鸟鸣,一时入了无人之境。阳是排他的,这"排他"必须是坦荡的才是阳。阴是无我的,这"无我"必须是暗会的才是阴。阳是塑造性的话语,阴是年轮式的无言。

阳是"扑通一声!"阴是"你听到了吗?"

我记起了一些教训,比如远和近、浓和淡、疏和密、阴和阳,比如庙堂、族谱和光辉的正史,比如冷宫、另册和幽暗的野史。

当下的我不再分别,我正在投奔中。

难以置信的事情

我无论做什么,你都难以置信

我说我想明天去刘老二家喝酒,你表示难以理解。那好,明天我去美术馆找约翰先生喝咖啡,你表示难以理解。我走着,你表示难以理解。我跑着,你表示难以理解。

我飞起来了,你难以置信。

你的难以理解最终会导向难以置信——如果你一直保持难以理解的话,如果你从来都对我表示难以理解的话,那么这"难以置信"迟早会到来,即你对我的存在的否定。

根本上,你难以置信的是我的存在。

我的存在是一回事,你的难以置信是另一回事,这是两回事——这个世界上到处都充满了两回事。走夜路和走水路是两回事。点灯和灭火是两回事。头筹和末位是两回事。

东山放马和西山养鹤是两回事。

不可思议的两回事——走夜路和走夜路是两回事,你走的是布宜诺斯艾利斯街道上的夜路,他走的是雁荡山山脚下的夜路;走水路和走水路是两回事,你走的是明朝苏州城的水路,他走的是二十一世纪水上游乐场的水路;点灯和点灯是两回事,你点的是庙堂内的一盏华灯,他点的是书卷中的一具青灯;灭火和灭火是两回事,你灭的是贪婪放纵的欲火,他灭的是蔓延成灾的爱火;头筹和头筹是两回事,你的头筹是接受人们奉承你的座次,他的头筹是在被困之地幻想自己登上了巅峰;末位和末位是两回事,你的末位是被时代所惩罚的最后一个懒惰者,他的末位是甘愿成为时代的第一个勇敢的迟到者。

东山放马和东山放马是两回事,你的东山在东方,他的东山在你的东山的东方;你的马是一匹枣红色的蒙古马,他的马是一个形而上的梦。

西山养鹤和西山养鹤是两回事,你的西山云雾缭绕,他的西山公路盘旋;你的鹤是司马大人酒后送给你的两只丹顶鹤,他的鹤是人工养殖场的一圈丹顶鹤。

你和他是两回事。他和我是两回事。你和我是两回事——你为我运来了一车珍宝,你累得气喘吁吁,你说这是给我的,这全是给我的。我说请你回吧,这不是给我的,因为我和你是两回事。

你一直不停地给我,你说这全是给我的,但你给我的这些珍宝与我毫无关系。

请你回吧,这是你难以置信的事,却是我深信不疑的事。

球

你走的时候低着头,像一座移动的快要喷发的火山,但终究没有喷发出来。

在过往的日子里,我曾和你谈心,我说你的心碎了吗?

——碎了的是玩具工厂里巨型机器的一个最微小的零件,它直接造成机器停止了转动,无法继续生产一种闪闪发亮的球。

碎了的是演讲中作为基石的那一部分——那是最坚固和最无理的部分,但它还是碎了。应该庆祝一下这个时刻,但这个时刻不知从何时开始,也不知这碎裂的过程还要持续多久,而演讲也太过冗长了,以至于人们相信这演讲从一开始就是以谎言开头的。

碎了的是界碑,从此人无故乡。

唯独你的心未碎。你说你很伤心,但你的心未碎——也就是说你可能是一棵长青的迎客松,也可能是一只凶狠的野兽——因为你的心未碎,你就不可能回到水。

你幻想着未来,你想自己也许只是未来命运的玩具——可是玩具工厂的巨型机器因为一个最微小的零件碎了,它直接造成机器停止了转动,无法继续生产一种闪闪发亮的球——但你幻想自己变成了一个神奇的球,肉体一样能闪闪发亮。

你沉默地露出了微笑,你的微笑是冷酷的微笑,这表示你将戴着乐观主义的面具而悲观地生活下去,这种混杂着魔术成分的残忍微笑是你生活下去的顽固基石——可是作为演讲(沉默的对立面)中基石的那一部分,那最坚固和最无理的部分已经永远地碎了。

你的界碑还未碎,因为你的心未碎,你只是伤心而已——你这个钢铁一样的人类,你的心居然没有碎过。你这个只懂得养活自己的人,你的心居然没有碎过。

你这个老练的只懂得养活自己的人,你的心居然没有一瓣一瓣地碎过。

你这个具有探险家气质的只懂得养活自己的人,你的心居然没有一片一片地碎过。

你这个活在民间故事中的只懂得养活自己的人,你的心居然没有整块整块地碎过。

你走的时候低着头,像一座移动的快要喷发的火山,但终究没有喷发出来。你压住了所有暴烈的熔浆,你告诉自己,即使被窒息而死也不要心被碎掉。

在未来的日子里,我将不再与你谈心。

我知道你的伤心是真实的,但这有什么意义呢?你的心从来就没有碎过,所以你只是一个闪闪发亮的球——我将不再与你谈心,因为你深刻地冒犯了我。

今生我已想不起他们的脸

我能说什么呢？他们是他们，我是我，你是你，每个人都非此即彼。

本来白兔的就不是黑狗的。黑狗的不是螃蟹的，而螃蟹的就不是清蒸螃蟹的。

我的不是你的。你是我在看天的时候正向东南方飘去的一朵云，你是云彩，你的身体很轻，轻到我如果一旦明白了你，你就化为了气。这气在我的心田。

你不是我，我是一个在你早已遗忘的酒馆里独自喝酒的铁青着脸的人，而你此时是喝咖啡还是喝茶呢？或者喝酒或者喝任何你想喝的东西，或者什么都不喝？你干吗呢？无论你面临的问题有多少，或者大和小——你面临的所有问题都是非此即彼的问题。

你不甘心，你闹腾，你要死要活，你求一个准信。但你就是准信，你选是一种准信，你不选是另一种准信。人生就是准信的。每一个人的活着都是一个大观照，自我以外的所有都摊在了一个人的眼睛里，你正对着茫茫时空，活着即准信，不可以也不可能有糊涂。

你的死是你的最后一个准信。

我能说什么呢？你们与我一样，尽管你们是你们，我是我，他是他，每个人都非此即彼。

本来你的就不是我的。我的不是他的，而他的就不是你眼中的他的。过去的不是现在的。时间的不是空间的。你是年久失修的老屋内一只正在结网的蜘蛛，你很忙碌，你从不问为什么，虽然我是人，你是蜘蛛，但我们都同样活着。

在墙头东角，两股蚁群厮杀在一处，正殊死作战。蚂蚁也不问为什么，但它们肯定是为了一个什么而去战斗和牺牲。参战的蚂蚁越来越多，发生了大面积的死伤——我在墙头东角看它们战斗，认不出其中的这一只与那一只有何不同，它们都长得一模一样，它们都有同样的准信，那准信就是现在要喋血，要去拼命。

前几日的一个清晨，我在街心公园看到一个老者在耍剑，老者的旁边是一位坐在台阶上的姑娘，我猜她是位江苏姑娘。人类不是蚂蚁。今生我路过耍剑的老者的时候猜她是位江苏姑娘，但我现在已想不起她和老者的脸了，如同我终究分不清蚁群里这一只与那一只有何不同——彼此都在我的脑后了。

龙　门

放了鹤

　　懒依窗，她就抵住了围城之战。
　　她双眉一跳，就不理你的登高之举，罢免了蜜语甜言。
　　见过她的人，难以概括她的全貌。小女子无才便是德。她的眼中：才是柴火，德是德。山不如水清，她的周身雪白。她点点豆豆，花开的时节风向偏北。
　　她看一出戏，她最爱乡间的露天戏台。一亮相，她就拍手拍得通红。她的眉头开，竹笛、胭脂和杯中酒并无言的嘱托、怀抱和老寿星。
　　有时候，她气呼呼作霸王样，也翻云覆雨帮助一朵花儿盛开。她还记得幼时那只跑不出村口的石狮子，以及夏日嬉戏的池塘。不离不散，流年不腐，归于永世的名下——其实她有自给自足的团圆。
　　月夜要私奔。我爱她，就放走了鹤。

赶路

窗前的月亮发热,那是每一个黑牢都点起了灯光。虚无构成叙述的可能,汉语是守护者,谢谢。

我不相信末日,因为孩子们始终爱着我。我看到清澈的眼睛,看到飞行物和崭新的旗帜。我在血迹旁种一朵花。我信任黄土。我将初吻献给了母亲。

天气冷得没完没了。远方有一群赶路的人,他们提着探照灯,尽头连着尽头。

红灯闪烁,时代没有为他们准备接风的美酒。

乐园

假如你握有生杀大权,假如你是王,但你不是。

我担忧人性的好恶。给我力量的是一座石头山,它低于水平线的大地。

含泪的文字长犄角,却心思洞开,自由忍耐。我有自己的石头山,山上有月亮,有低于水平线的大地。

月光普照,我接住南风吹来的苹果。

南下是可能的,以大槐树为始发;也可能北上,雨夜负剑,怀揣诗稿一路向北。

人世凋敝由它去。我有暖心话,满盈的,我在失乐园等你。

妈妈,妈妈

好几次我扮鬼脸,都没有吓到你。

我说最美的那只鸽子去哪了?童话里的小熊只有一个小心眼,那是我和她的小心眼。

——鸽子飞回来了。妈妈,我好几次扮鬼脸吓你,都没有吓到你。

我和小熊说悄悄话,那是我和她的小心眼。

青春

喝完这杯竹叶青,你走吧。你骑着你的独轮车走吧,我有凤还巢。

走吧,去你的锦绣园。揭竿而起的盛事我来做,你再也扳不倒我这头蛮牛了。

我老了,你青春年少。你放羊,我伏虎。迄今还没有人在市场内参禅、与强盗借债、为孤魂野鬼搭建一座泥塑的宫殿——我来。

妈妈啊,家乡啊,负心的男人啊,破风箱传出的是一种呼唤。

你留下后悔药,远去了。你有铁打的营盘,漏水的男人是天生的软蛋。我对你偏听偏信,脚趾头犯困,烈酒自焚。

收音机想家。孤独无理数。

人间灰尘,败絮近在眼前。我软得不行了。

天色唱大戏,风车恋爱,妹妹不肚痛。

今年腊月二十八。

小镇

老英雄向我拱拱手。我背身,洒热泪。

此处距江心十里,阔人出资,正建一处凉亭。

乡里添别景。小女子描红。鸳鸯宿。

老英雄征战无数,还乡而去。年轻时,他是踏山的猛虎发威,现在的骨头老矣，骑一匹瘦马并腿间生疮，还乡路漫漫。

凉亭建好，欢迎新到任的县太爷。穷小子出身的阔人，愈加精进仔细。

小女子终为人妇，男子姓孟，憨实，说："明天我该买米了。"

——"去吧，腊月了，我也要赶着做些针线活计。"

火云起

这一声令下，千人斩。

夜，适火攻，箭雨。先头军杀于阵前——

扬州的水塘边，时有渔歌。娘子侧身关闭竹笼，细碎步，发髻纹丝不乱。婆婆睡了，公公睡了。犬声。丈夫复姓宇文，前线正杀敌。

妻夜守，咬破了唇间。火云起，宇文一刀砍去。

龙门

你猜出了谜底。你得意。

可是你猜不出女人衣柜中的秘密，也猜不出历史后院的那条暗道。

大江大河，你翻转身躯，鳞片闪烁着黄金色泽。龙门在此，你如果飞越过去，你就是一条滑溜溜的泥鳅；你如果飞越不过去，你就是餐桌上的红烧鲤鱼。

龙门水涨，我作为一名水利系的研究生，感到一筹莫展。

五更之后

你的脸朝向东方,我向西方。人流凶猛,我只是面朝你的方向。你说你会飞,我说你飞给我看看——你就真的飞了起来。

过去的过去了,来的却内向、隐蔽、蒙面。你指向任何一个地方——乞丐讨到钱,囚徒砸开锁链,老爷子刮干净胡须,伐木工人吹起轻快的口哨。我信任你。你有翅膀,你是暗室中的天使,你没有背影。

我做着相同的梦,固执的梦,固执地梦。你享有自由,你随时都能停下来,梳理一团乱麻的生活。生活是被动的车轮,你是主动的,你的勇气与生俱来。我是远方山冈的一棵树,我爱边际,但我的根在地下,深入到地下。

我跟随着你,即使被狂风席卷,即使不知飘向哪一边。黑转成白,苦变为甜,蚂蚁长成了大象,我跟随着你。你在隐蔽的欢乐谷等着我,也许世界不理会我——我也不理会这个世界,本来我与这个世界就是两个世界。

大地亲和,由着我把孤独典当,任嬉闹送我归来。精疲力竭的小人物、背叛的爱人、残疾的妹妹、热血的革命家、无耻的书本自大狂，我在其中与每个人问好。我期盼他们能用笑容与世界作对，将慈爱当作复仇的武器。

我避开机械般的噪音，与零落的苦命人握手，传递未来的消息。

那是迟早的事情，闪电与暴雷是序曲，我要奔跑，像初生儿一般站在未来面前。我将是未来宠爱的儿子，而不是烈火中的钢铁沉渣。我是清流下的低唱，而不是铁流中的石块瓦砾。我是自由的，我的声带坚硬，却念出柔软的对白。

你能听懂我说出的和未说出的秘密。

穿过锥心似的酸楚，我望着陈年的果子。柳梢头的残月不明，街头的怨恨频发，风暴中的冤屈难平，知心人孤苦无依。当我绝望的时候，当我在深夜大醉的时候，地下室的民工师傅正准备入睡。

当我沉默，当我手忙脚乱，当我深陷困局，当我不可遏止地想逃跑，你要帮助我坚持下去，于是谎言在清晨崩裂。

我以孩子的心，等待不息的澄净。轮回不动声色，我从中午等到了午后，从午后等到了黄昏，从黄昏等到了夜晚。一更了，二更了，我的亲人唱起了民歌，我的知己在彻夜写诗，我骑着你送我的白马跟随着你。

三更寒，呼啸声如同鬼魅，寒气正盛。

四更了，心压在油灯下，明灭也许是转瞬间的生死一线。

而五更之后，你头枕着海浪入睡，不必早早起床，气息和美，这是永不完结的假期。我的春梦露出了一点端倪，就美得不像样了，在桃花源的渔船上亲吻伊比利亚的诗意，此时已是灿烂纪，我兴奋到肉紧。

合　欢

　　我在屋里喝茶，间或读几页书。

　　喝茶喝了半天，茶水淡至无味，懒得去沏新茶。看书也看不进去，我有些呆了，这与茶水和书籍无关——我无聊了。

　　关于无聊，我不由得回忆起二十世纪八十年代初的午后，在太原的街巷中，仿佛永远是初夏，永远在午后，永远在下午三四点钟的样子。行人极少，常见的是上了年纪的婆婆，佝偻着，慢慢走着或拖着；几个孩子在街道上无奈地玩或跑着，似乎孩子们都被午后的阳光拉扯着，即使跑也跑不快，慢慢跑，慢慢拉长着……我在当时就感到一种人世的无聊生存和天长地久般的安静，不快活也毫不痛苦，只觉得这日子漫长极了，看不到尽头，而人是断然不会死去的。

　　现在我感到的无聊，于时光已没有特别的感受。时光在我看来，它既不长也不短，它当然是这么长和这么短，因为它当然是时光——我的无聊源于当然。

　　当然让我提不起精神来。当然有当然的逻辑，这逻辑当然被当然反应。

——"当然"是一条诡计。

我知道这是一条诡计，但中了诡计又如何？不过是无聊而已。

我将自己锁入了无聊之中，先锁起来，锁起来就锁起来。

在无聊中，我最直接的感受是那些所谓有趣的、充实的、不无聊的状态和事物往往最无聊了。

我与无聊浑然一体，当然无论怎么无聊，我都无聊得当然。

——"当然"是一条诡计。无聊是诡计的下落，我在下落里暂时安顿住。

无聊得久了，我似乎忘记了什么是无聊，什么又是当然。我不与什么做决裂，也不与什么做斗争：我只是存在着——无聊地存在着。

我存在于深夜的家中。我存在于清晨的菜市场里。我存在于雨天的车站旁。

我存在于下午的一座小桥上，看到不远处的合欢树开花了。合欢花悄无声息地开放着，安贞而柔软。我走近了这几棵合欢树，恍惚花朵间有光芒照来。

我看着合欢花的时候，只想多看它们一会儿。

粉色与白色相间的合欢花如小动物身上的绒毛，叶子则像极了一片羽毛。

天黑了，我看到合欢树叶子的两列相对合拢，拥抱在了一起。

我在合欢树下也无聊地张开了双臂。

绵　掌

你认为自己是别无选择地来到了仓库,陈年的堆积物以庞大而不免味道呛人的现状来欢迎你的到来。堆积物是时间的一种变体,你懒洋洋地查看它们所属的年代,在不同代际的痕迹跳跃中——你说是的,这些都是过去时代的款式和颜色,它们不再时髦了。

你认为虽然你活着其实已经死去了,人世已无新鲜和奇迹。你穿街走巷,你在桥底呆呆地望着天边的一朵云,你在太阳下晒一张过早呈现衰老之态的脸。你无动于衷地将左腿搭在右腿上,大概过了三十分钟,再将右腿搭在左腿上,后反复交换,就这样活着——你说是的,你就这样在活着的时候仿佛已经活完了。

你认为你百口莫辩。你无法讲清楚你的话,你不可能完整表达你的意思,你难以对你说的问题进行分拆式的准确解析。你似乎对语言失去了信心,实际上你是对自我的存在失去了信心——更直接地说,你的灵魂即是语言,但你的灵魂却如此软弱与混乱——你说是的,你不知道该如何说出一句有效的话,因为你的灵魂不仅使你蒙羞,更要命的是它使你说出的所有语言都不可避免地趋于无效——这不是因为你所掌握的修辞术的无效，而是你的存在的无效。

你总在说"是的"，这"是的"不是锃亮的肯定式，反倒是原始冲动一般的否定式。你在"是的"中沉迷，甚至对此产生了一种概括意义上的终极性思维归置。万神在万神殿，而你的神可能就是这个"是的"：那些不再时髦的物品与正在流行的物品获得了代际间毫无感情的分野；那些无聊的生存不是以生存的方式来继续生命而只是一种毫无色彩的生存结果；那些无效的言说之所以在你喋喋不休的时刻显得更为清晰与明显，只是因为你毫无悬念地说出的正是它们，而不是任何的别的、意外的"它们"。

你的"是的"几乎是真空的，也铁定属于自我侵略的性质。你的"是的"是一座无人居住的岛屿。

你被定格为一个顽固的应声虫，你再没有力量去召唤任何关于"魂魄"的东西了；你的"是的"是一种本质上已被放弃但永远不会被消灭的东西，你依赖着它的怠惰习性，尽管这习性令你感到由衷得疲倦。

有一天，你在一个小饭馆独自喝了二两白酒后回到家洗了一个热水澡接着坐在沙发上打开电视机观看一个综艺节目而且在观看的过程中笑出了声，由此判定这个节目一定很精彩，因为你说"是的是的是的"，并真的笑出了眼泪。

你的南方有水

我在上马街等你。我的家乡干燥,你的南方有水,涨满了心房。十字路口的红绿灯耷拉着脸。我挨着你坐下。

生命是一块庄稼地,我播种后,手握镰刀,盼着收割。你说种子的火焰适合繁殖,如果烧到子宫的边缘,种子将开始一次真正的逃离。我就这样逃离了一部分肉体,呼出浊气,流散在他乡的站台。

我开启马达,加重力气,直到机器爆炸。我怀疑流行,怀疑潮,在怀疑中顾不得喘气。我的脚与手被紧缚,你该用美色对付我,赠我最后的晚餐。如果我与你的言说方式是一种游戏,那就请你拼命呼唤我的名字。你的美是去高山的路历尽艰险,大雪封山却偏要上山,冻僵耳朵也听得出风的指向。你的美又直对小桥流水,通宵说着私房话。

我数着年头,一个季节结束了。另一个季节来到,我来到了你的南方。

概　率

1

势力是诚实的，又是顽固的。

我此时静默着，诚实在尖叫。

每个人都有自己的范围，走独木桥是范围，参加圆桌会议是另一种范围。每个人都有自己的偏方，似乎都想改造些什么，都想在光天化日之下认定些什么。范围和偏方都是势力——不同的两种势力。

有一种势力是平静的暴力控制，是过度的和平，是夙愿、心血和自我牺牲的替代物。

2

我想起了一个老灵魂。

好像谁想起了我，我感到一阵阵脸红。好像我被谁追问，因为我从来都活在脾气里。我对自己进行拨乱反正——幻想世间本有一座仙山，有一个建在半空的楼阁，有专属于汉语诗人的一千零一夜。

我种瓜得瓜也想得豆，可是我先得从走投无路种起。

3

我的忧愁是酒，是三大碗酒，我喝下了三大碗酒。

喝完酒后我说出了一些言外之意，比如我一直看守着身体里的鬼魅，我的肝火烧得正旺。我要的是忠贞，我不要跌宕——这是一个美学问题。美学是个立法问题。立法考验立法者的智能。智能是一个伦理问题，甚至智能与智能无关，它就是伦理本体。

不管这些它，我的忠贞是最后一次的提纯。

4

灵魂不是一滴水，不是一把斧头，不是宫殿。

灵魂不是实体，语言更不是，你即使是诗人之王，也不可能坐在语言上回家或用语言充饥——但你管辖着出身于自我灵魂的黑话。

大多数情况下，爱是语言的一种泛滥系统，但你还没有发现一件表达爱的理想工具。

5

你说石破天惊，我说顺水推舟。

你惊讶，我怅然。我的咏叹调是青春期末尾的敏感膨胀。

我的咏叹调是呆头呆脑间闻到了家门口的花香才找到了家。我的咏叹调是硬状物在心甘情愿地软化。

你的咏叹调是孤魂野鬼带来的阴风,你勇敢地献丑。

你让我感到了恐惧而没有让我感到神奇。

蝴　蝶

　　我的田长出了蔬菜与钢筋。我从深井打水。我的双脚离地。

　　蔓草、茎叶、藏红花，是我奢望的全部。我想听你说睡前的情话，我需要神志不清的酒水，我需要你的一小截无用的时光。月亮还是老样子，与去年的八月十五没有什么分别。我只能故作仪态，顺水而下。你的扁舟缓慢，我却跟不上你梦里的飞行。

　　你梦到了什么？快告诉我，让我站在你的那边，让我握住你的手，我的手心里有将心比心。

　　我答对的谜底刚好够得上爱情纷飞的距离。我没有天地庇佑，可是我不能没有你。伪装是轻易的：我粘贴假胡须，是为了扒去凶神的面具。爱的野曲在深山，这时候却应该在城市响起。我交给你的账本、借条和收据，是我的迷途经济。原先那些幼稚的幻想，换不来此生的此情此景；过去那些耳提面命的机宜，已被人世的丧气一次性割断。好在我还有你，我要你欢喜，不要你托付暗夜的离愁别绪。

　　我只是想问你：谁不是一个伐木者？谁的人生不是一张漏洞百出

的地图？谁的脸未铭刻青春的疤痕？谁不是天空的子嗣和远房亲戚？谁没有得过几场异乎寻常的热病？谁的旗帜不曾沾染颗粒状的碎屑？谁没有妈妈？谁没有扔过破烂的鞋子？谁的药罐不是满的？谁不是一个复仇者？谁的原委是由数不清的问号组成？谁不是一个梦想家？谁没有自设危局？谁的右手被戒尺击打？谁的玩笑付不起相应的价码？谁在作实、作空与作乱？谁不曾执着于一个词语？谁不是绕着弯子去撞南墙？谁的未来不是反复涂鸦的现场？谁的长跑失去目的地？谁不是一个消费者？谁的死期与生日并存？谁不是一个失败者？谁是提问者？谁是回答者？谁是谁的问题？谁是谁？谁不是一只频遭麻烦的蝴蝶仙子？

有多少呆傻之人，就有多少不被怜惜的蝴蝶。未见识电光火石，我的眼前是脏棉絮、墙底灰与一张被大量复制的丑脸；这脸皮轻薄、透光、有害，它与蝴蝶无关，与心底所有密密麻麻的针孔有关。

苍 孙

白居易有一首诗,题目为《山下留别佛光和尚》,诗曰:"劳师送我下山行,此别何人识此情。我已七旬师九十,当知后会在他生。"我读了多遍,极为喜爱。

此诗的浅白,托出了人世深情。劳师一词,已感同身受,满是不舍也要这最后一别的洒然。此别应无人知晓,两位老人家就此惜别,此情不必有人知,方才称得起真尊贵。我已七旬,而师九十,年久了,此情一路过尽了繁花与败叶。

后会在他生,两个老友还是有一个他生相会的地方。当知一词,可谓生死笃定。白居易的诗歌,于平常处见精神,三言两语间,已倾心吐胆。

深情与义气的极致,总是令人不安,或恐慌,而终于无所畏惧。

我读尤三姐为柳湘莲自尽一节,真是大惊失色。——怎么三姐就这样死了?这怎么可以?令我唏嘘的是,尤三姐定终身的时候,尚未与柳湘莲熟识,仅是一面之缘,而柳湘莲连这一面也不记得了——而三姐就这么认定了,非湘莲不嫁,真是疯狂疯魔!湘莲错会了三姐,本可言明,三姐却泪流满面地自尽于湘莲人前。我最惊异的不是自尽本身,而是在自尽前,三姐依然端正地将鸳鸯剑还与湘莲,这个礼数走得是如此清白贵气。你不要我了,成,那我将定亲信物还你,这是礼,然后我就去死,好吧?

贾母的丫头鸳鸯立誓不嫁后,就不与宝玉说话了。宝玉又惹着她什么了?宝玉最为怜香惜玉,他能惹着谁呢?!鸳鸯何尝不知宝玉,可是这誓言已立,就应有信,鸳鸯要的是这个"信"字。尤三姐要的是这个"信"字。白居易与佛光和尚相约在他生,要得也是这个百劫不毁的"信"字。

苍孙已老,原来人有信在,老了也如新人般光洁,自为云天。

晚　次

朱彝尊写有一首《晚次崞县》。崞县,现山西的原平市。我没去过此地,但"艰难岁不同"这五个字,还是结实地入了我的眼。清诗的好,很大部分就好在颠沛流离的叹息。

"百战楼烦地,三春尚朔风。"楼烦,晋西北,战地。朔风,北风。"雪飞寒食后,城闭夕阳中。"寒食节后,仍有飞雪,江南该是繁花似锦了,晋地却严阵以待。城门闭,大概不见个行人。夕阳,有老泪的况味。"行役身将老,艰难岁不同。"果然,旅客在崞县叹自己将老的一把骨头,自问艰难日甚。"流移嗟雁户,生计各西东。"雁户是流民,奔生计而来去,难以凭依。大雁的故乡也模糊了。

今在晋西北,依然可得出"三春尚朔风"的盖面风景。为生计奔波的晋人,已无战地,叹息归于笔下的崞县,无非是人为糊口,老无所依。

小时候起,我就不愿看夕阳,总觉得那不是一天的完结,而是所有的日子都落幕了。我与一位诗友喝酒,他说自己在六岁时,忽地感到一种莫名的不安与躁烦,然后就躺在地上打滚。我问他打滚时有什么感受,他说是自己第一次真切地、自觉地感到了疼痛——因为疼痛,他才慢慢地安静了下来——他要知道什么是痛感,他必须在此时此刻知道才好。没有人可以阻止一个六岁孩子对于"疼痛"的追问,因为这追问问的是混沌,所以无人近得了他的身。

一个六岁孩子的痛感有多大的强度?我不知道。

看夕阳看的是什么境况?皆不耐也。朱彝尊在夜晚到达崞县,北风呼啸中的江南大家,亦不耐。老可鉴。老不可鉴。

亦耐亦不耐。中午我吃了碗面条,耐饥。

晚上我喝了碗稀粥,不耐饥。

开花调

谷雨后。我坐看晋东南的一个湖。我看到了草,青青的草,还有开败的桃花。刺玫花开得盛,这种黄色的刺玫花在城内随处可见。偶尔看见几株晚樱花在湖旁寂寞地开着,也快要凋谢了。

柳絮渐渐多了起来,散在风中。有人叫它柳花,我还是称它为絮。李商隐有"桐花万里丹山路"一句,从南方到北地,踏踏实实应了这一句。我曾从北到南,一路见过了南北的桐花,属写实。桐花万里路,伴我一人去走。凤凰可来,也可不来。

我沿着湖水散步。单瓣的桃花树,已长满了绿叶,再无一朵花。重瓣的桃花正缓慢地飘落,我随手捧起凋落的花瓣,它轻极了,我仿佛捧着千千万万的花骨架。我曾去太原永祚寺,那里有十余株明代的牡丹,名紫霞仙。去时的路途,皆是熟悉的街景,面目蒙尘。我的心里念着牡丹花,开始有了一些神魂颠倒。

见到了紫霞仙,它们盛开在大雄宝殿前,美极了。我无话可说。我难以描述它们的模样,就像我难以说清楚彩虹有哪几种颜色或爱情到底是一种什么东西。看着这些历经四百余年的花朵，和着阵阵风铃声，我感动到一时不知自己身在何处。我是谁？众生中有我。

紫霞仙又是谁？谁在我的眼中？我内心发问一朵花该有怎样的前世今生，我又不问了——假如你深爱一朵牡丹花，那么此刻你的脸上、你的手臂上、你的肉体上就会源源不断地开出牡丹花来。

你就是一朵牡丹花，假如你已行至我家门外。

四临门

1 我想和你睡觉

花时同醉破春愁,醉折花枝作酒筹。
忽忆故人天际去,计程今日到梁州。
——[唐]白居易《同李十一醉忆元九》

世称的元白,我初听,当是一个大愣神。

白居易的深情与懂得原是一体,不辜负春风,才化了绵绵细雨。人世的知己难寻,常有憾事。

在一个汪伦身上,别情深远。离别的滋味,于离别之前已放延出思念。我就想变成一只小鸟,阔江也不在话下似的。比如发梦,不是梦见某一个具体人形,而是梦到了相思。古人说红豆,何尝说的不是直见性命?不与人言,是那个人不在了。在了,或欢喜或泪水涟涟。

胡兰成第一次见张爱玲,只觉她大,大到一整间屋子都放不下她,不知如何安置——这就是知己了。张爱玲委身于尘埃，开出的花却毫无牵强。中国人说的乱世，可糊涂乱改，却生出了两个人的盛极。

我的外祖母年近九十，她有一个年少要好的亲戚，如亲姐妹。那个妹妹小她几岁，算来也八十出头了。今年春节，我回外祖母家，恰逢这个妹妹来看她，由子女搀扶着来的，其有腿疾。外祖母正午睡，听说她来了，就坐起来，也不急，慢慢坐起来，端坐着，等她。妹妹进屋，两人就坐在床上，拉着手，说一些体己话。我在旁边瞧着，不见她们说出些什么，只是拉拉杂杂的亲切而已，两人说了十几分钟，可能都觉得有些累了或无话了。妹妹起身辞别，临出门时，她的小女儿说，我妈每年都要来看一看，看看就安心了。如此就走了，外祖母也无别语。我回过神来，忆起她们说话的时候，虽然家中人多嘈杂，唯两个姐妹在此，情重是这样的，看似淡然，却一时能让周遭完全静了下来。

我尝过愁滋味，现在想来，大雁南来北去，人生实在无有定势。春愁，也只有花开与醉，一个"破"字，有几分无奈。酒筹之游戏，欢宴似乎不见了愁绪——只是还在。白居易想念老友，自个儿想到了天际去，其实元稹奉使去东川，非永别，却依然有茫茫人世之叹，叹至天际，计算的行程却到了梁州城。白居易纵情声色，常被人诟病，以至于矮化他的诗文。我见到此说，总有不平之气。白居易是什么人？他能够以七旬之身去赵村告别一株春天的杏花树，所以我信他。姚虞山说，白居易与杏花树的告别，是一幅热血风景。

茨维塔耶娃给里尔克写信，说：莱纳，我想去见你，我想和你睡觉，单纯的睡觉。还说我不想等待，我一直认得出你。读她与里尔克、帕斯捷尔纳克在一九二六年的书简，我以为知己皆故人。

情深无度量，白居易与元稹的唱和诗计有九百多首，有说超过了一千首，但还是不够多吧。

2 头脑杂割清和元

芟苍凿翠一庵经，不为瞿昙作客星。
既是为山平不得，我来添尔一峰青。

——［清］傅山《青羊庵》

据说有一位书家，只要见着了傅山的真迹，当即下跪磕响头。我听了后，也自喜，但愿这位书家并非认祖归宗，也不是相托，而是山水有相逢。

傅山是阳曲县人，地属太原，是我的家乡人。我还是少年时，就听过傅山的名字，这与一种叫"头脑"的美食有关。我吃的头脑，是外祖父亲手做的。外祖父为晋商后人，吃东西精细惯了，他做的腌韭菜花，里面拌有新鲜的红果肉，此味真是小处的铺张。外祖父对我说，这头脑是一位老先生为侍奉母亲而发明的，他叫傅山。此后，家里人病了，从药店买来中药丸，包装盒上的商标即是"傅山"，并画着一个清瘦的古代老头儿，看起来孤零零的，却不拒人于千里之外。我当时想，这老头真是个大人物，不仅做美食，竟然还会治病救人。以后我才知道，这位爷儿还会书法、作诗、画画、研究学问和图谋造反。

青羊庵即傅山的家，要先拔除杂草，才见着山野苍茫。瞿昙是释迦牟尼的姓，在傅山的眼里，人世不是大空无，而是民间人的热力，所以他不做这个客星。明亡，傅山穿红衣，号朱衣道人，谋着反清复明。中国民间是这样的，每到时代更替，洪流下，总有支流逆反，因汉人的气概源于生生不息。傅山其人，气节最被百姓称道。古时的百姓大都不识字，但在大义上，民间并不含糊，他们分得清善恶忠奸，分得清红脸与白脸。历史不是拿个尺子就能精确量出来的，如明亡于腐败，清初毕竟是一朝之始，景象更新。以现今的观点来看，这个"复明"并非必要——这是后来语，而百姓看中的是傅山的一股子硬气——你开疆建国，你万象初始，你礼贤下士，但我还是不做你的顺民，汉文化的气脉就在于这分志气了。

山是平不得的，平就庸，就肥胖，就败家子。傅山的坦荡是，我来了，我是为这山来添青峰的人——当仁不让，当是本地人的脾气。他奏的是独音，所以就有了草莽的险峻和挺拔。我钦佩傅山的当然之气，不让渡，我即是我，有了我，才有了这奇崛。人说时代风流，究其底，还是一个人的豪气干云。太原有一个老馆子，名清和元，专卖头脑与羊杂割，连在一起读，就是"头脑杂割清和元"，造反之心大白于天下，这就是民间的刀兵之气，开杀戮，内里却有正气。要我说，还有舌尖上的欢喜，吃着头脑与羊下水，仿佛江山已定在这金字招牌下了，仿佛汉人已经一朝洗去了耻辱。

傅山说"宁拙毋巧，宁丑毋媚，宁支离毋轻滑，宁真率毋安排"，每读他的四宁四毋，即知何为人间大格，此是立。

他的破规亦是美学，如他好酒，自号"蘖禅"，亦是造反之心。

3　噔噔噔后退几步

寂寞枯枰响沉沉，秦淮秋老咽寒潮。
白头灯影凉宵里，一局残棋见六朝。
　　　　　　——［清］钱谦益《金陵后观棋》

钱谦益是明末清初公认的文坛领袖，为文宗，我却爱他的人情味浓。他娶了柳如是，"钱柳"是多年来的文坛热题，大时代的轰鸣下，变节与忍辱始终纠缠着这两个世所罕见的妙人。

寂寞，如此寂寞地下一盘棋，萧条得很。我就看到了钱大人，你两手一背，或是无所依托地垂着，观几枚棋子，看江山易改。不见了秦淮河的繁华，正是寒潮，破败的却是真骨骼。钱谦益初见柳如是呢？看这个活脱脱的绝代佳人，定为之惊艳。两人再见是崇祯十三年（1640），柳如是去常熟见钱谦益，女扮男装，清白的书生装束。这就是心曲了，柳如是以此面貌示人，当为文坛佳缘，而非花街柳巷的奇闻。

任世人反对，钱谦益亦毫不在意，他在一个热烈的夏日娶了她。他与她，就是钱柳了。

明亡，柳如是要与钱谦益一同殉国。两人在水边，钱谦益试了试水温，以水太凉为由，说今天不殉了，改日再说。我好奇他们是如何回去的，柳如是一定噘起了嘴巴，生着窝囊气吧——只是国是谁的国？人是谁的人？读明史，我是相信明朝的气数尽了，朝廷腐败透顶，民不聊生——国有何用？这苟延残喘下，民气也颓废败落。李自成起事时，也是一派清正，但进了北京城，却比明王朝还要荒淫无道，这已不是单个人的堕落，而是整个汉民族的沉沦，人间已无正气。所以说，满清来得正是时候。以钱谦益的智慧，他定然识得天下大势，先保住性命要紧，国之不国，不殉也罢。

钱谦益做了贰臣。当他北上为官的时候，柳如是独居南京，因偷情被抓。钱谦益回乡，面对如此大辱，却原谅了柳如是。他说："国破君亡，士大夫尚不能全节，乃以不能守身责一女子耶？"钱谦益说这番话的时候，柳如是理应释然——她应该也就此原谅钱谦益不与她殉国了。

钱谦益对柳如是的宽恕，与耶稣说的那段关于妇人通奸的话，是东方与西方的区别——耶稣引向原罪，而钱谦益是放下吧，为人情物理。已是白头人了，还有什么放不下呢？此后，钱谦益还是称柳如是为贤妻，这就是钱谦益的人道之道。

天下兴亡，变天竟比觉悟更迅速。残棋也是棋，所谓观棋不语真君子，钱谦益却发了兴亡之叹，这君子身架也放下了。

一六六四年，钱谦益病故。

三十多天后，柳如是自尽。

钱谦益死后与原配夫人合葬，柳如是则葬在不远处，孤坟一座。

我曾祭拜他们二老，两座坟距离公路极近，来往汽车的声响不绝于耳。我顿时语塞，无论你我的前世今生，人都在过一个关口而已。

4　好时辰

一树红桃亚拂池，竹遮松荫晚开时。
非因斜日无由见，不是闲人岂得知？
寒地生材遗校易，贫家养女嫁常迟。
春深欲落谁怜惜，白侍郎来折一枝。
　　　　　——［唐］白居易《晚桃花》

放下江山不表。一树桃花偏生得迟了，这如何是好？原来也没个好与歹。我想起郁达夫的一个小说，名《迟桂花》，是父亲钟爱的一个小说。我那时十几岁，他就让我读，读了懵懂，只记得那个小姑娘的周身好意。世间是有一种桂花开得迟，所以萎谢得也迟。有这"一种桂花开得迟"，当然也就有晚开的另一种桃花。

少年读不懂《迟桂花》，以后我懂了，父亲却过世了。今年初二，我为父亲上坟，弟在国外，未去。我满上酒，献烟。我在旁边陪着父亲抽烟，倒比他还抽得凶。人是极易万念俱灰的。去年上坟时，弟更猛烈，不仅陪父亲抽烟，还陪着父亲喝酒，干喝，一杯接一杯，要我劝阻了，他才罢休。

说什么呢？我与父无言，仿佛从人世猛地抽离至父亲脚下，竟有些惶恐，不知怎样开言。——说说迟开的桂花？现在初春，桂花开花还早着呢，而我已为人父。

白居易的桃花却开了，名为晚桃花，所以竹子与青松都遮蔽它。也许竹子与青松并无恶意，却是保护了它。与斜阳无干，你若不是个闲人，分明遇不见这一株晚开的桃花。众人每日披挂上阵，与命运搏斗，讨生活，已无白日闲情。寒地生材，已是贫苦相，大人正眼也不瞧，就要丢弃。

贫家的女儿嫁得迟，可怜了父母心。怜惜之人在此，白侍郎折了一枝。我想嫁女不怕嫁得迟，只要嫁的是个好人家，那女儿开花就开得正逢其时。

我与父亲属同一科目，他的花一生未开，我满的酒先自罚三杯。我离去时，纸钱的灰烬尚有余温。初二清早，山中的空气好，远远望见人们与我一样在祭拜先人。

此时，山下隐约传来了鞭炮声，渐清而响亮。

我家过冬

因为徐渭的才大,所以人们提起他总要提到他的落魄。这是人性。

早晨下了大雪,张元忭给徐渭送来了酒与裘。他在《答张太史》中写道"酒与裘,对症药也"。酒当然就痛饮了,对于裘皮衣物,徐渭道"非褐夫所常服",自指为凡夫,无此福分,意退还。徐渭自嘲道"风在戴老爷家过夏,我家过冬",难得他引这句西兴脚子的玩笑话。徐渭将自己放得很低,却低到他的水墨可大写意,可独步丹青。

徐渭自知其不朽,洒然地说了些俗子的话,却有了文字的一分美意。徐渭的自谦,实在是老实人的一种骄傲。

大雪之时,要多添些柴火,脚子要穿一双厚棉鞋。戴老爷家过夏,而风雪正来得急,徐渭则一笑。

今夜深了,我准备给远方的朋友写封长信。故乡已过了冬季,明年下雪请早。

张元忭是张岱的曾祖父。徐渭有许多别号,我独喜"田丹水"。

风流不见秦淮海

我有怎样的寂寞？看着女儿摆弄芭比娃娃，我有怎样的寂寞？看着电视娱乐节目，我有怎样的寂寞？看着城市新建的立交桥，我有怎样的寂寞？看着你哭丧的脸庞，我有怎样的寂寞？……

寂寞着你的寂寞，我又有怎样的寂寞？

王士祯赴扬州，夜泊于高邮，生出了寂寞。"寒雨秦邮夜泊船，南湖新涨水连天。"我无法想象清代的寒雨。我也经历现世的雨，冷得彻骨，却少了凭依的扁舟。船泊在高邮，水涨，孤寒更甚。"风流不见秦淮海，寂寞人间五百年。"入乡思人，秦观是高邮人，这船泊在了人家的故乡。不必论当今，在王士祯的时代已叹风流不在了。寂寞由此而生，五百年的斗转人间，白云苍狗。秦观死后，苏轼说"少游已矣，虽万人何赎"。每个时代皆有人头攒动，万人万貌，却不见了秦少游。寂寞可以是街头里巷的无聊赖，可以是怨妇的手中针线，也可以是五百年来的风流尽失。

秦观在雷州的海康宫留下梦中题诗，佛我两空，也因寂寞吧。秦观是苏轼的学生,为苏门四学士之一。师徒曾在雷州相会,皆被贬之人,可谓沦落天涯,互取文心热暖。王士禛感受的寂寞与苏轼的寂寞与秦观的寂寞,是不是一个寂寞?我不得而知,但他们的风流却是一样的风流。王士禛此诗写于一六六〇年,秦观死于一一〇〇年,相距五百六十年。五百年寂寞,此言非虚言,这寂寞来得真是实打实。

我看着女儿摆弄芭比娃娃,已不见温软的香包。我看着电视娱乐节目,心却丢失在落雪的古戏台。我看着城市新建的立交桥,送君再也送不到竹林里的驿站。

我看着一张张哭丧的脸庞,你在烟花漫天的上元节,而我身在何方?

我的此生是何生?我寂寞着我的寂寞,你又有怎样的安定?!

另,汪曾祺也是高邮人,他厌烦旁人提起高邮必提其特产咸鸭蛋,仿佛高邮只有个咸鸭蛋。王士禛想念的是秦观,与咸鸭蛋无干。有趣的是,汪老一旦论及咸鸭蛋,依旧眉飞色舞,不改贪吃本色。

咸鸭蛋是乡愁一种,它不风流,有时候它是寂寞的思乡的咸鸭蛋。

窦　娥

那就在六月下一场雪吧,好比你没有鞋穿,赤脚走在遥远的路上。也许大兵押解着你,也许旁边的孩子对你指指点点,你继续走着。此时,王大妈酣睡不起,绳子上晾晒着老人的旧内衣,你嗅出一股败坏的味道。

北方也热浪逼人,热延伸到国境之外,延伸到西伯利亚之外。你和王大妈在小院里聊天,你说如果在六月下一场雪,该有多好啊。

你把掌心的纹理给看相人看,纹理预示着多灾多难。你在家中发呆,地壳紧张地运动着。你出门买菜,小心钱包被窃,小心汽车呼啸而来。你停在路边,饿着肚子,你想如果能在六月下一场雪的话,这个世界就安静多了。

王大妈赤裸着上身,大奶子一吊一吊,摇大蒲扇。我坐在她对面,光着膀子喝啤酒,我对大妈说,您老喝一口?王大妈不喝酒,吃着一根生黄瓜,她说自己快要热死了,这狗日的鬼天气,要是下一场雪该有多好啊。我想是的,从针尖冒出的想法是小的,是自私的,比如中大奖，从此一辈子就阔了；还有这一个村子到那一个村子的麦地，谁家的地肥，谁家的地瘦；还有在夜总会工作的小姐们，拼命攒钱，客人越多越好，这样哪天洗手不干了就能买得起大房子了，或者能回家乡做一点安身的小生意。

骗子的数量还在增加，报案人在派出所，警察先生做笔录。等车的人，等待一辆末班车。城市是孤独的收容所，群众的孤独抱成团，孤独是集体的福利。美女和帅哥，一个得了公主病，另一个得了王子病——所以在七夕节，两个人都没有收到礼物。这不是严重的问题，问题是那个人一天跑了十趟厕所，他吃坏了肚子，正在拉稀；老婆等着王局长回家，他没有拉稀，那个拉稀的人是他的司机。王局长预感自己要出事了，他在夜里对老婆说，冬梅，你带上钱跑吧，能跑多远就跑多远。

当然，大部分时候，人们相安无事，从邻国飞来的一只苍蝇沾了些中国的残渣，就兴奋得过了头——啊，这真是好大的一块福地。

老情人慢慢地抚摸她的身体。快的是快的，在学校的天台上，大学生三两下就弄完了，青春是加长版的高速列车。你不得不羡慕一个傻子，他每天清晨在公园里练习舞蹈，锻炼自己的肢体协调能力，他练得很嗨。

焦躁。忧愁的曲子没有谱，不死的灵魂游走在城市的边缘。历史的血和着秽物，经年不息。应该安静下来了，那就在六月下一场大雪吧。下一代的旗帜飘扬，你哆哆嗦嗦张开怀抱，眼巴巴地盼望着，盼望在六月下起一场大雪。

又至午时，又来到人心难测的六月。

瓤

　　写作者大量涌入城门，在疲软的汉语包围下，他们沉沦于一汪洗澡水中。

　　文言、白话、假文、翻译体、俚语搅和着思想浑汤，迎接一轮又一轮写作者。你只要出钱就可以买到进口的高级搓澡巾，你也可以在澡堂里大小便，屎尿顺着下水道流入了地下管道。在地下管道的文学哨所，几个寂寞的写作者正在检视这些排泄物，因为其腐臭的时间太长了，所以没有发现排泄物的任何价值。

　　男女写作者通过做爱达到了认识论的统一和分裂。阳痿不仅困扰老男人的性生活，也直接影响一个老年男作者的遣词造句，他大汗淋漓，却无法依靠汉语完成一次真正的勃起。女作者的阴道闲置，性高潮无关性器，在污言秽语的汉字江湖，她死死傍住那浮夸的语言，依旧完成了一次过量的喷发。

　　包装精美的书籍，舔着时代的屁股，得意扬扬地来到频率加快的发行渠道。每个写作者都试图占领本属于自己的山头，诗歌、散文、小说、戏剧、杂谈，轮番变形为异体的汉字集成。苦难虚化为餐桌上的渣滓，喝一杯人民的血，再各自挂起招牌与幌子。

读者的心胸容纳四面八方的文学产品，以娱乐为佐料，历史将遗弃那些将自己关在小屋内疯狂写作的毫无才华的写作者。在机会主义的明天，不过是版税的连连刺激，不过是端起碗吃饭，放下碗就骂娘。赞美和讥讽都控制不住写作者手中的沙，眼睛却看不到前方的一毫米范围。

泛滥的国学正进行乐此不疲的联姻，祝贺者前仆后继，以曲解和涂鸦为荣。儒学经典和历史评书恰如其分地来了一次旱地杂交。麦子被种在盐碱地，禁止同性恋合法结婚，而文化的聚众淫乱却被默许——你千万别错过这轮语言大戏。

如果在地下管道的下面还能遇到一些写作者，我将为他们讲一个关于汉语沉沦的故事——这绝对是个好故事。

小拯救

　　总有特殊的意味丢在里面，总有被割伤的爱不能痊愈——总有豆粒与碎布块，总有芝芝麻麻。
　　总要喂养体内的小虫子，总有人寂寞。
　　我是小的，这么说是有道理的。我是勉强的，你拨弄我，我就散架。我是爱的，我想一直爱下去，爱得心慌，爱到泛滥的水中。
　　我冒气泡，就躺在爱人的怀里。我爱色相，我毫不怀疑斑斓的世界，我只有独享，守着原色。我是单薄的，我的翅膀是蜡做的，我朝着太阳飞，融化在不讲理的天空。这时，敌人暂时安眠，这机会让我能够趁机捣乱。
　　明眼人为我指不同的路向。朝这个方向去，结交土地爷，膨胀野心，赚大把的钞票，夜夜笙歌。朝那个方向去，定独善其身，吟唱铁打的诗篇，挥洒不竭的母语。可我只爱坐在井底，钻研狭隘的视角。
　　我愿意隐蔽自己，加固暗夜的身份，背对着热闹。我也渴望冲撞，喜欢炮制文学的恶作剧，欣赏出丑的行径。

我无法改变自己,如同山的下沉与增高,连带地平线上的偏见——这是无法改变的事件。但我不信任事件,事件一结束,可信度就降低。事件一个接一个,从更遥远的地方回望,已经难以找到事件的最初缘起。如果按照黑名单的索引,我能够找到低矮的山头,在那里拥抱肥胖的土地爷,钞票是我的纸质的混血天使。

但我撕毁了黑名单,我爱的是一朵花,爱一朵瘦弱的花。

我在标尺的范围内舞蹈,有一个巨大的圈子套着我。这与性用品商店出售的安全套不同,它没那么多的造型与香味,它只是一个普通的圈子,我把它称为安全圈。圈内有食物供应,有专人伺候,适合任何一头乐观主义的猪,但不适合我。

我还是爱一朵花,爱凋零的花和走夜路的硬汉。

我爱着一朵花,爱死灭之后来年再开放的一朵红花。我告诉自己,我有很多不为人知的秘密,我明白就好,而不必去侮辱任何一头乐观主义的猪。

小拯救及向猪道歉

我向你们道歉,我向顽固的老猪头和猪娃子道歉。

这道歉不含特殊的意味,被割伤的爱将继续溃烂——剔除豆粒与碎布块,饿死体内的小虫子,总有人吃饱了撑着。

我是蛮横的,不讲什么道理。我是强夺的,你要是爱我,你就为我献上你的牛奶、鲜果和一张双人床。心添堵,爱遇到冷酷的石头,形成石头的纹路。我雌雄不辨,撇下了花花世界。我是沉重的,双腿灌着铅,朝墓穴走去,跌倒在墓园之外。我的朋友整日昏睡,也让我心生倦意。

瞎眼人为我指雷同的路向。朝这个方向去,与土地爷分裂,压缩贪婪心,流于市井街口,乞讨一点残羹剩饭;朝那个方向去,在夜晚枯坐,折磨老去的皮毛筋骨,趴在人世的角落。——我都不理。

我嘲笑井底,撕开狭隘的视角。

我愿意暴露。我渴望回旋,常怒目圆睁。

我由着自己,如同水的干涸与泛滥,是自然而然的造化。人的心变成角铁或棉花,如同水的扩张与退守,那是迟早发生的事件。事件将继续下去,一个事件接一个事件,事件中的人都活得不像是一个人。

我还是爱这一片土,爱冻伤的土和埋下花种的小孩子。

我在警戒线旁独自惆怅。我的爱不适合一头懒惰的猪。

我在开阔地与自己结下盟约,加重内心的力量。我还是爱这一片土,爱灾年之后复苏的沃土和法院里新上任的法官。我告诉自己,我有很多不为人知的同伴,我明白就好,比如我向猪道歉其实是再一次侮辱了猪。

西游书页记

1

唐僧过通天河时,看见那些买卖人不顾生死地在冰面上行走,只为过河获利。这时,唐僧说了一句极老实的话,他说:"世间事唯名利最重,似他为利的,舍死忘生;我弟子奉旨全忠,也只是为名,与他能差几何?"唐僧承认自己为名而已,与为利一样,两者不存在本质的差别。

唐僧了不起,更了不起的是吴承恩,他在一部取经的小说里写主人公取经的自私,竟自私得这般光明磊落。他真的敢下笔,以我为镜,而识人性,而重英雄。

2

猪八戒打死了写诗的松树精、桧树精、枫树精、杏树精。他打死了四个诗人。

我觉得可惜，唐僧也觉得可惜。悟空却说："师父不可惜他。恐日后成了大怪，害人不浅也。"原来诗人也可成大怪。原来大怪也可成诗人。只一个"害人不浅"的死穴，哪怕大怪也好、诗人也罢，就统统报销了。

3

唐僧师徒过小西天时，一老者说此处有妖精，求悟空擒拿。老者是这样说的："才闻得你说会拿妖怪，我这里却有个妖怪，累你替我们拿拿，自有重谢。"行者就朝上唱个喏道："承照顾了！"悟空的一句"承照顾了"，类似于他常说的"买卖来了"。他的口气和排场都大，真是艺高人胆大，面无惧色，更等闲视之，做一个游戏来耍。

人无此胆量，仙亦端庄，因悟空还是妖出身，所以他拿捉妖不当一回事。"承照顾了"，多有喜感。将战斗看作是对自己的照顾，正气本就是这样地潇洒泼辣。

4

朱紫国的娘娘被妖王掳去做夫人，三年不得近身，妖王对娘娘还是万分喜爱。娘娘设计骗妖王的宝贝，说与大王做了一场夫妻，你该把你的宝贝让我收着，这样也有个心腹相托之意。那妖王就应允了，将紫金玲给了娘娘收起，情比金坚呐。

人世的夫妻是这样的，要有个物件相托，才证实了这份情重。妖王分明也懂得。

西游路上不乏好心过日子的妖魔鬼怪。悟空也敬爱着窝囊的唐僧，唐僧只会念经求佛，偏听偏信，生活中也无甚情趣，但心术正。悟空该是爱这个"心术正"，所以有了一路上的生死相随。

5

在比丘国，妖怪要取唐僧的黑心。

孙悟空假扮唐僧，剖腹取出一堆心，血淋淋的，有红心、白心、黄心、悭贪心、利名心、嫉妒心、计较心、好胜心、望高心、侮慢心、杀害心、狠毒心、恐怖心、谨慎心、邪妄心、无名隐暗之心、种种不善之心，更无一个黑心。

世上不缺坏心，却找不到一个纯黑之心。善缘与爱缘可结，所以善缘与爱缘引来各色的坏心，循环不息，可结可破亦可渡。

6

如来封猪八戒为净坛使者，得其所好，封得好。

"使者"想必职阶不高，但对老猪的路子。如封他一个罗汉、菩萨或元帅什么的，看起来漂亮，却难以满足老猪的口腹欲。猪八戒充满了欲望，这是他的正途，是他的源头与正宗。净坛即吃祭品，对于老猪而言是天赐的美差。

看来成佛、成家、成事是一样的，无非是求得一个美差，得其所好即为开悟，即圆满安定，事已至此。

7

行至隐雾山折岳连环洞，豹子精抓了唐僧，骗悟空已吃了唐僧肉，并扔出了一个人头,说是唐僧的人头。孙悟空、八戒、沙僧都信了,将人头埋葬。孙悟空悲愤交加,去找妖怪报仇。

进妖洞时,悟空原本变个水蛇儿进去,后想到变个水蛇儿恐师父的阴灵儿知道,怪他本是出家人,变蛇缠长。又想变个螃蟹进去,也觉得不好,恐师父怪他这个出家人脚多。悟空在洞口竟然犹疑不定,拿不定主意。读到这里,我感动极了。悟空以为唐僧已死,此时他能够舍身进洞为师傅报仇就是恩义了,怎么还管唐僧的阴灵见得见不得他的变化呢!悟空要有对唐僧多么深刻的敬爱,才会这样婆婆妈妈啊。

进洞后,悟空发现唐僧未死,他兴高采烈到了极致。他一会儿想解开被捆的师父,再打妖怪;一会儿又想打了妖怪,再来解开被捆的师父。书中形容他如此者两三番,却才跳跳舞舞地到园里。"跳跳舞舞"这个词,如此天真疯狂,喜悦无比。唐僧见悟空这般欣喜,悲中作喜道:"猴儿,想是看见我不曾伤命,所以欢喜得没是处,故这等作跳舞也?"

孙悟空是个情圣,其爱与真感天动地,是那种孩子般的感天动地。

8

寿星降伏了白鹿妖怪,比丘国王向寿星讨要延年益寿之法。寿星送给国王三个枣儿,说是与东华帝君献茶的,他未吃,留下来的。国王吃了,后得长生。这时,八戒看见了,也向寿星讨要枣儿。寿星对八戒说未曾带得,待改日我送你几斤。

寿星说起客气话来,是这么端然大方。八戒的本事也不小,他未必是想长生,只是吃个零嘴儿罢了。大家都是说说而已。这个不起眼的细节,可见吴承恩的行文趣味和幽微妙处。

9

至西天,过凌云渡。师徒四人坐无底船过河,见河里漂来一具死尸,唐僧见了大惊,因那死尸正是他,后欢欣。这是我读过的关于"脱胎换骨"的最精彩描写。

大死亡,必真的是见着了尸首才死得安安实实。

大复活,是认出了另一个真正的自己而欢欢喜喜。

10

在西天,阿难和迦叶向唐僧索贿。唐僧不曾备有财物,这两个菩萨就给他了无字的经书。这是何为?菩萨难道也这般势利?非也。这是让唐僧要先舍得,才会有爱惜。后唐僧给了阿傩一个紫金钵盂,阿难才给唐僧拿出真经。佛传经,也要有个宝贝做抵押,才可信任取经之人。

凡事都不是凭一张嘴,就足信。凭什么佛就信你?先舍出你的宝贝吧。我只觉阿难和迦叶的智慧无边,这智慧来得扎实、明白、家常。

11

唐僧师徒取经回来,过通天河。老鼋守候着四人,因信义,也因旧托。老鼋驮他们过河时,问唐僧见了如来是否代他问了自己还有多少年寿。唐僧却忘得一干二净了,不曾完成老鼋的托付,此为不信。老鼋生气了,将身子一晃,师徒都掉入了河中。

唐僧的不信,非故意,而是他见了如来就其他事物皆不理了,所以该有此一难。人总会做不义与不信之事,其中多有此种,非故意为之,只是忘形了。

12

　　唐僧师徒过通天河，因老鼋的缘故，将经书掉入河里。后在高崖上晾晒经书，收拾经书时把《佛本行经》粘住了几卷，从此残缺。唐僧极为懊悔。悟空笑道："不在此，不在此！盖天地不全。这经原是全全的，今粘破了，乃是应不全之奥妙也。岂人力所能与耶！"

　　在取经路的后半程，悟空的觉悟愈高，常在唐僧迷惑时予以解惑和棒喝。经书损毁，唐僧只是懊悔，悟空却悟出天地不全之理。人世之不全，也是大全之理。

　　完美因无残缺，亦是一种大残缺。

　　天地不全之理，说来说去是对人世的恒爱，是不灭的热忱，是人要活下去。

水浒记

1

引首写道"不因此事,如何教三十六员天罡下临凡世,七十二座地煞降在人间,轰动宋国乾坤,闹遍赵家社稷",只读了开头几句,我即知接下来是大场面。

古典小说的好,是有这种坦荡的结构在,而不是捂住不放或紧着兜圈子。她就是要在一开头就清楚地告诉读者,这本书里有一百零八个好汉造了反,就是写得这个事,就此铺开了阵势。

2

端王接不着的球却滚到了高俅面前,这就是时运到了。发迹也就在高俅将球踢还给端王的瞬间,有了定局。

中国人讲时运、讲兴会、讲机,真是合当这个有一身踢球本事的高俅来发迹。端王在"齐云社"踢球,社名也气势非凡。

端王见高俅踢还的一脚不简单,就让他下场踢着耍。高俅说自己只是胡踢的几脚。高俅当然是高手,而端王看得出高俅踢还的那一脚使得是"鸳鸯拐"——任何时运都是有来处的。

3

史进与少华山的强盗陈达进行搏斗,斗着斗着倒与强盗头子们结成了兄弟。江湖上的好汉爱好汉,不离此辙。史进之所以结交少华山三头领,是因为他们三人的义气,而问出的一句"如何使得。你肯吃我的酒食么?"端的可爱。朱武答的也一本正经的热闹,他说"一死尚然不惧,何况酒肉乎!"

天下的英雄聚会,是有这看似胡作非为的春色。

4

鲁达与史进、李忠吃酒,相遇金家父女,知悉镇关西的恶行。鲁达接济其五两银子,史进出十两银子,李忠出二两银子。鲁达嫌李忠出得银子少,说"也是个不爽利的人"。李忠的这二两银子是摸出来的,可见窘迫。鲁达是个心性自由之人,我不埋怨他。读到这一节,面对李忠,我的心底一紧。好汉可杀人不眨眼,可为兄弟两肋插刀,但在这银钱关上,李忠霎时间没了威风。

——李忠号打虎将,他是连老虎都敢打的人呐!

5

鲁达听了镇关西的恶事,回到住所,晚饭也不吃,气愤愤地睡了。好个鲁达,此时已有了佛性。想到这么个体壮肉肥的汉子一副义愤填膺的样子,我竟想笑。笑归笑,鲁达的舍己之心真乃清正。有这个源,鲁达这个人就竖起来了。

6

鲁智深醉后大闹五台山,打坏了山门下的金刚,和尚们又怕又恨,跑去告智真长老。长老说自古天子尚且避醉汉,金刚坏了换个新的就好了。众和尚不让,认为金刚是山门之主,不可更换。长老又说"休说坏了金刚,便是打坏了殿上三世佛,也没奈何,只可回避他"。

长老说的是家常话。老和尚才说家常话。

那些和尚当和尚当多久也没用,临到头只认得个泥胎。长老知避,避风火,醉汉就是风火——等它散掉再说嘛!金刚也好,三世佛也好,看得见的佛俱是人工,所以长老不去管它,这是小事,是请工匠处理的小事。智真长老不理偶像,他认得是心性,是魂魄。

眼前的醉汉鲁智深才是第一要紧事,所以要避他,要让他消散,要顺应机缘。

7

林冲长着一张愁苦之脸。我每读他,皆发觉此人有一股穷气。此人不易交心,做事也不够爽直。林冲当然是一条好汉,本事大,义气也够,想与他成为知己却难。

8

看宋江这个人,看的是什么?看的是读者的人品。

梁山的好汉都服气他。好事者以虚伪和擅于笼络人心来定义宋江,是不着调门之言。梁山好汉不是傻子,施耐庵和罗贯中更不是浑浊之人,他们皆知其义。宋江长得黑并矮,我对他无恶感,有几处章节里我相当喜欢和佩服他,他是一个大人物。

9

武松上景阳冈,店家好心告他冈上有虎,他却猜疑店家骗他,只为了让他宿歇。上了冈,武松看到阳谷县告示,才知道真有老虎,店家所言不虚。他想"我回去时,须吃他耻笑,不是好汉,难以转去"。显然,武松是怕老虎的,但更怕别人耻笑他不是一条好汉。

来自民间的英雄式审美,就是有这种做英雄的憨态。因为是憨人一个,所以大凡英雄的故事从头讲起来,都不乏欢喜的段落。这欢喜的好处是,叫贩夫走卒读了也能暗地里自家生出好汉的胸襟。

中国的好汉最与普通人亲,好汉如亲人,如二哥,如背井离乡的四弟,如为你拼命的街坊阿三。

10

武松打虎后,见到了武大郎,翻身便拜。武大郎埋怨他,"二哥,你去了许多时,如何不寄封书来与我?我又怨你,又想你"。"我又怨你,又想你"这一句,读了令人感动,就觉得武大郎说的这话真是好,老老实实且情深意切,他是一个美好的人。

11

潘金莲初见武松,问他青春多少。武松答后,潘金莲说"长奴三岁",倒与自己比起来了,这就是爱上了武松。后潘金莲实在想要武松,准备着实撩逗他一回。她烧好了一盆炭火,等武松。在等的空儿,书中这样写潘金莲:那妇人独自一个冷冷清清立在帘儿下,看那大雪。只二十个字,情愫立现,暗涌毕至。

她不过是个爱上了男人的女人,她此时此刻冷冷清清,冷冷清清,雪还在下。

12

王婆与西门庆的所有对话,皆精彩绝伦。一个是市井妖孽,毫无廉耻之心。另一个是当红暴发户,淫荡奸诈。对这两人对话的描写,尤见作者功力,写的是最为市井下流的一面,笔格却极高。

13

李逵杀掉了李鬼,煮了三升米饭,没肉吃,李逵就从李鬼尸体的腿上割下两块肉来,用水洗干净了,扒了些炭火烤着吃了。李逵如畜生一般。作者写李逵吃人肉的笔法,其态度越自然而然就越令读者感到不寒而栗。

14

第五十三回出现一个词,叫"撞天屈",意为天大的冤屈。因有天大的冤屈，所以去撞天，也定撞得开吧，看来这冤气不可谓不大。此词出于戴宗与李逵的玩笑话，宋人将天大的冤屈化为市井俚语，也可在三言两语间将扯淡比作冤仇苦海。这一转一换之处，自有人间戏语的一种不平。

15

宋江在梁山到处和人说他专等招安，要为国家出力。这是我喜欢宋江的一个理由：他能堂堂正正地说出来，我就能堂堂正正地相信他。

16

孔亮初到梁山，见到三关雄壮，刀马林立，心里想："听得说梁山泊兴旺，不想做下这等大事业！"这"大事业"三个字，托出了一百单八个梁山好汉，仿佛个个都在眼前了。因为他们这么多好汉做的是同一件事，这就当得起大事业了。

17

李俊向卢俊义报名，说："上是青山，下是绿水。我生在浔阳江，来上梁山泊，三更不改名，四更不改姓，绰号混江龙李俊的便是！"这名报得响亮极了，光天化日般的好汉气量。

报名前，先说出青山和绿水，将话语拉得宽宽阔阔，接着再报上"混江龙"的名号，就有了一个大好的来路。

18

扈三娘带领兵马打仗，她的队伍打着一杆红旗，上面用金字书写"女将一丈青"。"一丈青"的绰号在梁山好汉的绰号内并无稀奇，这"女将"二字却极为醒目，合于一处，分外耀眼。

古时征战，以名号震慑敌人，多凶悍。唯女将的名号，观之并不觉得战争的残酷和恐惧，而是觉得人生战事漂亮。怎么能这么漂亮呢？

19

攻取大名府一回，时迁与几个好汉先潜入城内。潜伏时，时迁嫌孔明、孔亮伪装得不像，而他又被杨雄所埋怨。这一节喜气盎然，由此可见梁山好汉间的友谊之深。

20

关胜战胜了单廷圭，招降了他。林冲遇见他二人，问其故，关胜不说输赢，答道："山僻之内，诉旧论新，招请归降。"好在不说输赢。关胜的武力勇猛，做人又做得好，面子给得足，礼义之内方见威仪。

21

燕青打擂。擂主叫任原，太原人。一张粉牌上写道："太原相扑擎天柱任原。"旁边两行小字道："拳打南山猛虎，脚踢北海苍龙。"俗要俗得热闹才好看。中国的大话真是不怕吹得大，但这些大话不使人听了感到厌烦，反而觉得听了很是过瘾，不说大话就没意思了。

大话亦是在审美。

22

高俅使坏,篡改招降书,改之为"除宋江"。读招降书,吴用目视花荣道:"将军听得么?"花荣大叫:"既不赦我哥哥,我等投降则甚!"随即搭弓射箭,射死了开诏的天使。

吴用的一句"将军听得么",语气沉着坚定,又惊心动魄,这是要杀人的信号啊。那就杀。

23

高俅去梁山招降,晚上与众好汉喝酒。

高俅大醉,想来是喝得痛快了。高俅醉后说:"我自小学得一身相扑,天下无对。"卢俊义也醉了,说燕青也天下无对。高俅便起身,定要与燕青比试一番,斗出个高低。两人就相斗起来,高俅败,其再入席,与好汉们饮酒至深夜。

高俅虽然官至太尉,却还是一身江湖气,唉,人的本性如此。

24

宋江全伙受招安时,众人皆戎装披挂,唯有四个人特殊:吴用为纶巾羽扇,公孙胜为鹤氅道袍,武松为香皂直裰,鲁智深为烈火僧衣。"烈火"一词,夺眼目,与花和尚相投。因是一团"烈火",所以僧衣就是战袍。

25

辽国使者欧阳侍郎劝降宋江。吴用对宋江说欧阳侍郎说得有理,从了大辽胜如梁山水寨,只是负了宋江的忠义之心。宋江说,纵使宋朝负我,我忠心不负宋朝。宋江要的是青史留名。

吴用是个通透人,他早料到归宋后的悲剧前景,也知道宋江绝不会反宋,这是聪明人吴用在清醒明白地做着一件糊涂事。

后大辽竖起了降旗,差人来宋营求告:"年年进牛马,岁岁献珠珍,再不敢侵犯中国。"这等求告话语,是实打实的民间见识,"再不敢"一句,似五六岁小儿的认错之语,我读来也欢喜,挣了面子呗。

26

李逵听说书人说评话,正说到《三国志》的关公刮骨疗毒,李逵在人群中高叫道:"这个正是好男子!"李逵的这一点最为纯洁硬直,好汉当爱好汉——好汉就是这样的人。

27

方腊去溪边净手,在水中照见自己头戴平天冠,身穿衮龙袍,以此向人说他有了天子福分,因而造反。这几句谎言就是民间以为的天下大事,这天下大事其实就是做梦梦到了自己当皇帝。民间的谱系里,往往天下大事亦如寻常巷陌的天真发梦,发梦归发梦,这方腊却真的反了。

28

鲁智深在浙江看到钱塘江潮信,应了四句偈语,此时他甚至不明白"圆寂"是个什么意思,但潮信就这样不可更改地来了。

鲁智深问了众和尚,才得知圆寂便是死,然后他就笑着沐浴去了。

他讨纸笔写了一篇颂子,去禅椅当中坐了,自然天性腾空。他圆寂了。颂曰:"平生不修善果,只爱杀人放火。忽地顿开金枷,这里扯断玉锁。咦!钱塘江上潮信来,今日方知我是我。"真痛快啊!今日方知我是我。这一节是全书之眼,梁山众好汉从啸聚山林至生死寂灭,都是为了寻着个"我是我"。鲁智深圆寂,引出此颂,人生之大信亦在于"我是我"。

我是我,方为信,方可信。

鲁智深拜别智真长老,长老对他说:"吾弟子记取其言,休忘了本来面目。"智真长老说得这"本来面目",非指鲁智深一人,他是对着苍生说破了。

29

我读《水浒传》,内心常惊动,那是因为亲近本来面目而生出的正命浩荡,这可比我小时候第一次想到死亡时的恐惧却很快忘到了脑后。小时候,我只觉得自己的本事不够大,现在则风日不言,亦无什么来收管,更不能忘又着实地说不出口。

西游啊

我读到《西游记》第九回的渔樵闲话，一下子就呆住了。渔翁张稍和樵子李定在此回共和诗十四首，从《蝶恋花》起头，两人一路攀比山清与水秀。按说，第九回是以渔樵引出唐僧身世，一笔带过即可，哪承想如此的豪华文字竟发于渔樵二人。我几乎认为，这整本《西游记》的底色即是渔樵闲话，吴承恩落笔的重音就在这个节骨眼，由此开出了一番契阔。

中国的江山不在高山大川的皮相，而在渔樵二人，闲话中方有了人世的信义，方晓得中国式美学倒是在这半酣的斗气中放下了。

《西游记》中降伏了妖怪后，前方总有一处人家在。我每读到师徒四人借宿到沿途人家里，宾主落座，互敬，吃一顿热茶饭——读这些文字，我就是暖的，感到了气血满盈。这是中国人写的书，这是中国式的仁义人家。

《西游记》的好处是在斗敌间的人世风景里，这些风景因来自于渔樵闲话的青天白日，所以我才听得这样分明。早年，孙悟空参访仙道，师从菩提祖师前，曾在南赡部洲待了八九年，此间他学人话，亦学人礼——我爱孙悟空就是从这里钟情于他的。他是一个石猴子，却学人话；他天然野性，却学人礼。中国的人世，是有这样的天地贞静，任你是妖魔鬼怪也有炊烟散落时的涌上心头。

精魂所在。我写渔樵闲话，却想起了《红楼梦》里的刘老老，她真是冰雪聪明。对于不知者，我不怨他们，概因不知也能成全真正的知己。渔樵二人的对饮，已有了汉语的尽得风流。

西风烈，西游啊，且与老兄把酒相叙。

甄宝玉和假悟空

何为真？甚为假？真真假假，假假真真。我做真人，也做过假人。我假托，亦真的与共。谁的真心换假意，谁的假意换真心。真作假时假亦真。

贾宝玉在人世遇到一个甄宝玉，两人的皮相相同，少年时皆喜女儿之美。只是成年后，甄宝玉一副过来人的样子，不再执迷女儿心，以求取功名为重，一派文章经济。贾宝玉则不然，还是个痴心人，凡事要论个清与浊，直至出家而去。一真又一假。甄宝玉出场，我甚感无趣——而读到孙悟空大战六耳猕猴处，我则大惊失色。他分明就是大闹天宫时的齐天大圣，却被孙行者一棍子打死了！

一样的本事、一样的相貌、一样的心比天高。六耳猕猴未做恶事，却大施法术，自行组建了一支取经队伍，要去西天朝圣，传世扬名。他是四大灵猴之一，是另一个孙悟空，是人的自然本相。如来说："我观'假悟空'乃六耳猕猴也。此猴若立一处，能知千里外之事；凡人说话，亦能知之；故此善聆音，能察理，知前后，万物皆明。与真悟空同象同音者，六耳猕猴也。"这分明就是灵性之全能。孙悟空踏上取经路后，心性被收服，与大闹天宫时的美猴王相比，判若两人。对于六耳猕猴的本相，我不认为他是孙悟空的心魔再现——似乎除掉此灵猴，孙悟空就剪除掉心魔，从此俯首就擒般别无他想了——其实没有这么简单，或者没有这么复杂。

单说六耳猕猴，我视他为一个独立的造反者，称他是负气的朝圣者。因为他看不惯，又有通天的本事施展不出，所以就自己干了起来。六耳猕猴终归与斗战胜佛无缘，但他死后也应该有一个庄严的墓碑。

甄宝玉顺利地走上了仕途经济之路，六耳猕猴还没有上路即被消灭了。假如世上不曾诞生灵明石猴，那么护送唐僧西去的孙行者就是六耳猕猴了——每想到此，我每有愤愤不平，真是假作真时真亦假。

今日开哪一朵菖蒲花
——记诗人车前子

1

　　车前子有一块属于他管辖的应许之地。
　　在这块土地上,他建立了等级制。他的等级制不是为了奴役读者,而是解放读者——使读者也成为了诗人。

2

　　众人席地而坐。
　　从众人中我看到了车前子的侧脸,他的容貌如一个恬静的少年。这个少年也能变身为怒目金刚。
　　他是一首全新的诗。

3

　　车前子的散文有人心繁花,美得令人无望。读他的散文如雪天里故人来访,好时光闲话,渔樵畅饮一番。
　　又一番汉语志气。

4

　　大概车前子与诗歌史上那些著名的荡子、苦臣和沙皇们最为不同的一点是他喜欢吃熏青豆。吃熏青豆与辨识语言利器与在宣纸上走枯笔的时刻,皆是他打下烙印的时刻。
　　他在吃熏青豆的时刻只吃熏青豆。

5

　　他的画以葱、姜、蒜作素材,画的却是堂吉诃德与桑丘。
　　性灵冲抵的笑意与直刺,清白可见。中国画以写意为胜,车前子的画作,灵性突至,他的想象力是诗人的魔法功夫。所以他说他的画不是文人画,是诗人画。
　　要紧的是趣味。一种高级的趣味,派头极大,却属忠正。

6

　　车前子的诗歌里有水,水里有处子的贞静,贞静里有礁石与惊涛。他希望自己的诗歌如棉花。何为棉花?
　　是棉花共和国的钢铁公司吗?

7

一般认为,气息的断裂和停顿是写作的忌讳。

车前子的一部分诗歌偏偏加重了语义的间断化效果,强硬分隔或进行大范围的意象转移和反方向拉扯,或就此飞了出去——即使如此,他也自然生发并保存了汉语气息的畅达——"场"的在场。

他的"断"不是断裂,而是当断,是立下。

8

手电筒的光照在了天上,说相声的人试图顺着光柱爬上去,只有狡黠的自我保护的念头才能阻止他这样做。听相声的人也顺着光柱朝天上看,哄笑。

车前子看手电筒的光,则是从天上向地面看,他说那样看光柱的话,人类是井底之蛙。

而听相声的那拨人听了车前子的这句话,就更顺着光柱朝天上看了。

9

可能车前子从来都没有想过用诗歌去对付时间。这不是因为时间本来就是个难以对付的家伙,而是因为他从始至终都持有一种坦率的悲观主义方法论——根本上讲,他不是不相信诗歌,而是不相信时间。

10

车前子诗歌的节制也以泛滥的语言能量出现,但他的节制仍是节制。

11

他的感受力有一种无情式的深情。

他的感受力无疑是例外的共生共息。他已厌倦了惯常的诗歌写作的叙事逻辑和抒情节奏——他直接进入了语言内部,进入了词语本体和字根部位,进入了语言的卵巢。

他的速度过于快速,方式又过于勇敢;这个"过于"在语言技艺的层面上被他加持为无影无踪的准确性。

12

"压缩"是他诗歌的重要面容之一。"压缩"是伦理学的,他之所以讲这个事而不讲那个事,是因为来自于伦理学。他的伦理学中有一部分来自于诗歌,另一部分则来自于记忆。他忠诚于这两部分,并诚恳地认为这其实是同一部分。

"压缩"是一种简明的完整。

他的诗歌的重要面容还有"飞行"。"飞行"是反形而上学的,但她不是处在形而上学的反面,而是她包括了它——她反对的是其自身的一部分。

13

汉语的原音,一种元语言——这是车前子真正感兴趣的东西,或者说是他的写作探索中怪癖式热爱的东西。这种对原音的一路追寻和个人化昭显,实在是出于他对当代诗歌贫困化的失望。

他懒得再去观察那些儿戏了。

14

　　他说你第一次吃枇杷就多吃一点。他带你去看苏州的日常生活。他看到月光就联想到嫦娥的大腿。
　　他是这样的干净利落。他的世面是这样的有情有义。
　　他静,他亦登高长啸,茫茫然四顾。

15

　　"今日菖蒲花",不知车前子今日开的是哪一朵菖蒲花?不一定。——明朝如晤,明朝春风牡丹。

之岩石
——读车前子的诗

极端开放式的语言结构。

大剪切的忽略性写作,无助跑,直接跃起并飞行,似乎永远是一条单程航线。

永远的旅途。

被忽略的一个都不留,干净到透明无物。该留下的却一个都没少,好端端地都在诗行中。

车前子的诗歌实践从语言内部生发,其原始的想象力和私人的美学直觉在诗歌中进行了仅此一次的会师与无数次的撞击式哗变。

我的耳朵听到语言原子的炸裂声。

返祖来源于疲倦。我不大相信母系社会是一个完美的社会——完美是诗歌的敌人。锡壶谐音西湖,喻反义或解构、嘲讽、凭吊?可能只是一个语言的巧合。诗歌不过是巧合,好的诗歌则是一个更大的巧合。

秃童。读不出儿童的天真,或读不出上帝所热爱的那个引路人。

只是未老先衰的负累，生涯之初的怠惰。悲剧性。

晚宴，七只盘子等，狂欢式的场景过度。

星斗纵横，奇思之始。叉住，捕获。

新潮正建的宫殿，栖身之所。

海胆出现，本诗的关键性证人和证物。凉拌即人为地对海胆的烹制、制造或虐待、屠杀，或加冕。

说实话，我更喜欢加冕。加冕有那种巨大的假象的力量。

被踢到圆外。放逐。海胆之被放逐。我认为"（它像不可收拾的球，／踢到圆外……"是全诗的诗眼所在。一哭。

大海，你这深绿的胆。暂时确认海胆属于大海。颤抖，惊惧或幸福的物理性反应。

"胆战心惊"，海胆的胆战心惊，更是"胆"与心惊之战。自我之间的殊死搏斗。干掉他或自己。

满月似为成熟。成熟即走向死亡。所以不成熟才是王道。

看着众人，为它工作，我理解为一种恶意的目光。是的，到了嘲笑的时刻了，冷冷地。

叙事帆，笔锋陡转，严肃，严重，真当一回事儿地那样。其实还是一个玩笑。

大海，胆战心惊在岩石后面。重复了第一遍，重复就是力量。这是攻击性的。

"胆战心惊在岩石后面的，／到底是大海，还是满月？"再一次重复，加重。但这次不是简单的重复，而是审判式的疑问。——就此摊牌了。

大海的，吞噬的，无情的，自然力的。满月的，文学性的、乡愁的，或满月直接与海胆互文，汗毛直竖的，惊恐的，被惊吓至疯癫的，疾病的。

隐喻的，吐尽肝胆的隐喻。

让她找份母亲工作。重复，与第一次出现时不同，这次重复是以话语形式出现的，如一种类似于神的遥远的声音。我理解为一种无可奈何之下的安慰。

聊胜于无。

《岩石》的阅读体验是警报式的。真正地使诗歌向汉语语言本体进发。

岩石的背景式样和无生命体征赋予了本诗一种幕后命运的直击的味道。

岩石的后面是生死场，亦是春夏秋冬，火热寒凉寂寞。

风驰电掣的书写和磐石般的稳固牢靠。

《岩石》具有车前子诗歌中极为忠贞和激烈的一面，善始善终。

许由不要的那一瓢，车前子也不需要吧。

附：岩石／车前子

在我返祖前，
锡壶的水扬起鹅蛋脸，
让她找份母亲工作，

然后抱秃童去动物园假山，
举办晚宴：
最先端出七只盘子，

星斗纵横,
黑色的腿叉住,新潮正建宫殿,
有我喜欢的,

凉拌海胆,
(它像不可收拾的球,
踢到圆外……

——

大海,
你这深绿的胆,
颤抖在水蛇腰间,
胆战心惊在岩石后面。

直到满月,
大兴土木,
看着众人,
为它工作。

——

锡壶的水扬起叙事帆,
说到这里:
"大海,胆战心惊在岩石后面。"

（胆战心惊在岩石后面的，
到底是大海，还是满月？
"让她找份母亲工作。"

    2015年6月1日，中午，格树楼

之汤汁
——读车前子的诗

汤汁已经煮沸了。

向日葵是个绿脸婆。指认。这是一张忧郁的脸。

趋利城,日常生活、地缘性、秩序。趋利已成为生存宪法,它要求每一个人都必须遵守它,否则古训在耳:天诛地灭。

低等生物、性感水母,天真的,如果从另一个角度观察,则是愚蠢的。所以有欣欣然之语。掀高未来进口,明显的涌入进来,更开放、更不择食。灰蘑菇来了。灰蘑菇或许有毒,至少它是不详的,可疑的。

灰蘑菇之镀银尖顶,形同两个人字。黑色的字。人人,我们。白点,白色,丧气。收割,意于收获死亡。末代契合趋利城。金砖带来了黄金的色泽,对比灰——但因有那个白点的丧气,竟使这金砖似乎具备了殉葬品的身份。

大头仿佛洪宪圈,遗迹,被时光永久耽搁的信件记号。

茶褐色,赤黄而略带黑,肤色认同。条约,绑架。历史既是革命性前进,亦是革命性重复:人类在做着同样的一件事。

茶褐色汤汁，煮沸的一锅历史汤水。被诗的面包片蘸着，像一块抹布。抹布本来的功用是为了天地干净——其本身却是不洁的。

腿脚形成镂空的、漏网的庇荫，又是无用之功。所以文明回来了，祖先也回来了——同一拨人马，同样没有比墓地更适合他们的合影地点了。年纪不相上下，生长停滞或永被定格，一种消灭式的留存。

"（避免激怒镜像里的胎盘，／这黑暗——天地，／始作俑甜点。"这句写得深邃广阔。天地空蒙，胎盘如时间肇始，始作俑的甜点是为了被吞食。这是一句话里的大惊动。笔力险象环生而生出的都是硬邦邦的断语。

树林里的红薯秧，错位。老人们浇花，水中捞月，徒劳。河南阿姨以貌似现实的笔调介入，实则人生幻境，生活只是也只能从表面上看起：是非不清，白玉疙瘩。

橄榄横插入向日葵的语言，所有的糖分即所有的语言浓度。

被榨出的油脂与生物性的汗液——生物都是脆弱的，因为生物有生命。

相机的内部，复制的秘密。回到生命体的小宇宙，蒸发式运动，抱胸所抱住的竟是外在，是他处的他处。旅行社是暂时的，不主政了，或从来都没有上位过。在野外。

至于倒下了，长江被攥着，被细碎而尖锐的爪牙攥着。腹部的红线，昭示着命的本命年。命也被攥着，被红线攥着。但本命年只有今年时态。今年以后呢？背后发寒。

青山被置于砧板中间，如绿肉。刽子手在此。胶片呼应相机的内部，复制性影像。

读至此，批判的锋芒愈烈。

俄罗斯妻子被假借于本土，一厢情愿，实不存在。

跨宇宙婚姻作为类比。太太是外星人，出身好。读物是有机书，教养好。官方语言是诗——政治好。那怎么做成跨宇宙婚姻呢？多余的一问，温暖而悲凉。

碑作为人类纪念物，作为肉中刺、作为黑刺，被一根根拔去。被毁灭，被毁灭记忆，毁灭掉的是那些沉默的碑文。

对人类历史的记忆，由十个人去记载。这是一桩赤裸裸的雇佣关系，交易，经济学。

"我们"的独白性供词，无赖的、玩世的、心安理得的。狠而诚实。继续着不可遏制的批判。

如果——也许是真的。那十个人如果忘记了，人类历史的碑铭就是两行诗夹紧的汤汁。震动。与其说这是悲观主义的腔调，不如说这是现实主义的观照。煮沸的汤汁永恒。

两行诗顽固地不请自来地夹紧了汤汁并活了下来，她不是为了证明在汤汁煮沸的时候诗歌还活着，而是证实在人类的历史上人类确实存活过，如果这不是又一次或最后一次的证伪——如果——也许是真的。

向日葵再次出现，如一个巨大的幽灵。一个幽灵，在神州游荡。

"被人欺负"，类于一种被诅咒的命运。满地专家，满地唾沫横飞，涕泗滂沱。

午门是斩首之地。人头落地，农民起义。农民起义，人头落地。

雷神，神抓人，下凡了——向日葵却在街头继续拉客，充当着老鸨的角色，是的，女儿卖淫除了生存外更是一种生存方式——忧郁地乐此不疲的方式。

而女儿比祖国小一岁。我想到了比女儿年长的祖国，那个远方的在千军万马之前的母亲。

向日葵前加了大户人家的定语，仍是同一回事。即使家大业大，向日葵也是向日葵。披金戴银，经济组织。

与大暴雨完事后，用深谋远虑来清洗地板。消灭掉血污。洗干净喽！

绿丝绸，绿化树。自辱，自戴绿帽子。

祖国比丝绸的手感——这就是所谓祖国——观察得极为清楚，庞大的放大镜下。

向日葵还在忧郁着。不是不是东西，而是没有，真是悲哀到了极点——原来只是个没有，连篡改都被节省了——因为本来就没有。

接下来的追问和回答，冷静地强调"忘记"的背叛属性。沉痛立一言。

十个人忘记了，人类不是轻松，而是更深刻地生活在只有人类的历史中——而是更深刻地生活在只有人类的假象中——生活在被人类自身所感动的廉价历史中。

——女儿卖淫的价格，即廉价之一种，千千万万种廉价中的一种。

又是大暴雨，又在办事。

不是为人人而下的暴雨，只为了办事。

碗中没有养活人的面条。面袋子瘪了，并且缸里的米也被吃完了。这光景呵。

幸运的是他没有读懂诗。幸运般的哀叹，偷生。这幸运既有激愤，亦有一种诗人式的众生慈悲。

《汤汁》是一首杰作。

即使我竭尽全力做好了阅读准备，也没想到《汤汁》的力量如此之大，涉及并洞察的范围如此之广，切入式的刻度如此深入和准确。可贵的是，其情感浓度和语言辨认没有在夸大或稀释的迷径上走失，而是洁身自好般地遵循着语言内部生发的逻辑，无懈可击地加固为一首历史日记式的抒情性诗歌本体。即《汤汁》没有因为其深刻的洞见和思辨而损失了作为一首诗的本分的必须具有的诗意。

《汤汁》极其地坦诚。对于历史中重大与核心的事件都给予广景现象学的隐喻式质地的揭露、批判和深沉的反省。一种可怕的伟大的同情。

　　《汤汁》的结构环环相扣，次序推进，互为问答，正反相证。

　　在语言上，《汤汁》具有慷慨言说的秉性，并富于汉语写意的想象力。

　　《汤汁》不是简单的雄辩性诗歌，或者她不屑于雄辩，因为她就是诗歌的本身。诗歌在诗歌的意义上从来都没有也不需要有辩论对手。

　　读《汤汁》，如在惊涛骇浪中直见性命，在见了这个性命后，方读得出人类与历史以及人类与历史在诗歌中诸神归位般的符号性脉相。

　　没有车前子就没有《汤汁》这首诗，而这首诗本该被刻在摩崖上。

附：汤汁／车前子

"向日葵你这油绿的脸忧郁的蛋，你这绿脸婆，"
趋利城惨无人行道，
低等生物存活，
性感水母，
我们手指间弹跳，
欣欣然穿过一株株，
它掀高未来进口
那些潜在的灰蘑菇。

——

于——蘑菇镀银尖顶,
两个人,这黑色的字,
一前一后;
而白点在收割末代的金砖稻田画地
为牢,它大头仿佛洪宪圈,
颈项的外皮启奏一条条:茶褐条约。

(这里,诗的面包片蘸着:
历史汤汁,
仿佛茶褐抹布。

——

腿脚形成镂空的、漏网的庇荫,
文明回来,祖先回来,
同它们墓地合影,
年纪不相上下。

(避免激怒镜像里的胎盘,
这黑暗——天地,
始作俑甜点。

——

假设树林里的红薯秧,
老人们在水中捞月——浇花:
一手搅水,一手拌面,
这看似简单——生活在河南阿姨那里,
疙瘩非疙瘩,粉非粉,
一种新鲜的白玉
之物质。
(橄榄密集在向日葵语言,
所有的糖分中。
"向日葵你这油绿的脸忧郁的蛋,你这绿脸婆,"
我们的油,
我们脆弱的汗——在相机内部,
小宇宙蒸发:
双臂抱胸,
乳头上是别人理发与别别人思想。
(在半途,
旅行社成为在野党,
没有家禽。

——

倒下,是——碎镜爪牙紧紧攥着的长江:
腹部系着一根红线,
今年是命的本命年。

——

青山,胶片(像:
砧板中间的绿肉,
俄罗斯妻子在中国被素食,
(而跨宇宙婚姻:
"我的太太是外星人!"
她的童年,读物是有机书,
官方语言是诗。

——

碑,这黑色的刺,
这大地上一排排黑色的刺,
被记忆毁灭者,
一根根拔去。

人类历史已经雇佣十个人去记,
我们可以不负责,
我们可以忘记,
我们可以变得一无所知,
或者佯装一无所知。

如果这十个人忘记了,
我们对人类历史……
碑铭,两行诗夹紧的汤汁。

——

向日葵你这油绿的脸忧郁的蛋，你这绿脸婆，
被人欺负，满地专家，推出午门，
雷神来了，下凡来了，轰隆隆的向日葵在街头拉客，
带着女儿卖淫，女儿比祖国小一岁。

（大户人家的向日葵披金戴银，
与大暴雨完事过后，
城府深深，用一块绿丝绸擦拭屁股。"

祖国比丝绸的手感——下次还要舒服！
"向日葵你这油绿的脸忧郁的蛋，你这绿脸婆。"
这里，没有东西。

——

"这里，没有东西，
没有篡改，
篡改首先要有东西可供篡改。"

——

"那么，忘记是不是篡改？"

"是篡改，更是忘记。"

———

人类历史已经雇佣十个人去记,
如果这十个人忘记了,
"人类一阵轻松?"
"不,更深地,人类更深地,
生活在只有人类的历史中。"

大暴雨,
不是为每个人而下,
碗中没有面条,
幸运的是他没有读懂诗。

      2015年6月2日,早晨,格树楼

作为存在的而不是
作为避世的胜利

——读潞潞的诗

　　《阅读》承接的是诗人潞潞节制、沉着的语言底色，在某些叙述节点上，它甚至看起来是不动声色的——但在作者高度的语言自治和严厉管辖的诗行中，却埋伏着强烈的情感指向和个人情怀，这是潞潞诗歌中最具有语言魅力和抒情个性的一部分，而这并不是其诗歌中唯一重要的部分。

　　诗歌的开篇，以"阅读集中了最多专注"开始，语言简洁，调门深沉而有力，这质朴的叙述节奏导向了阅读的场景，这场景不是以戏剧性来强调与深化阅读的刻度，而是以消磨掉生活的精粹作为阅读的代价。

　　沉闷的大师显得不合时宜。阁楼似乎在时代之外，避世诀。

　　衣着和风度，皆不在中心位置。阅读的灰烬和雪的霰粒，不仅是叙述中关于阅读情景的搭建，更是一次平静而淡然的个人化抒情。

　　徘徊于冬夜的他，回忆性的，同时也是时间属性的。陌生清冷的声音，带有一种来自灵魂认证般的清洌的吸引力。而年轻人总是不谙世事的，他们总是表现得激情万丈也总是容易因为脚底下的一粒沙子而溃不成军，但阅读征服了他，这是被选中的一个或选中的两个——两个其实等于同一个。

他一夜一夜用阅读慰劳自己，白昼的暑热和喧嚣都如配合布景一般而过去了。阅读使他变得心细如丝，因为有太多关于阅读的细枝末节了——那是伟大的细节，那是文化的细节，但那首先是关于人类精神的细节——阅读中天使与魔鬼藏身的细节。

他关闭了多余的语言，这带来了与外部世界冲突，并使他变成了谦恭而无趣的人。阅读在诗人的叙述中逐渐清晰化，直到大师被束之高阁，这似乎是一个完结，一个阅读的完结——并不是。

雪花融化，那些曾经质地坚硬的词语变得柔软，人心的柔软。

蛊惑的真理已经蒸发掉了，原先仿佛能够穷尽人间真理的学说、向导、法统都不见了踪影，阅读终于还原为阅读本身，这"还原"并非原封不动的还原，而更像是一次脱胎换骨般的本体还原。

他重新成为没有知识的婴儿：隐喻性的自我重生或代际间的交替。

阅读的全部如此：赤裸的阅读呈现的是阅读的本来面目；光洁具有理想的气质；透明则是人性的直见。

诗歌结尾的香烟和浓茶，以及"不会再多了，就是这样"，充溢着一种貌似世俗化的语言调性，但本质上这些看似平淡的叙述是在适当地平衡前面诗歌中关于"阅读"的感情强度，它使诗歌在最后的叙述节点上保持住了抒情的语言平衡并雕刻出一种年轮般的岁月痕迹。

《阅读》从文本表面看，是对"阅读"本体的美学透析，且最终归置于文学伦理的层面——但这不是本诗的重点所在，重点在于"阅读"使人的精神存在成为了一种生命的可能，而且赋予了阅读者重生般的体验幻觉，但愿这是一个永远的无限循环的阅读过程——但阅读的残酷性真相却不是这样，事实是：就世界的物质性而言，这个地球上没有什么人可以逃脱掉死亡,也包括地球本身的存在时间有限性——阅读并不是全部,它注定只是文明的一种,但它之所以从史诗般的人类阅读总和过程中获得终极性的存在价值,其根本还在于每一个阅读的个体,即本诗中阅读者"他"的精神存在,而这正是属于阅读者的价值铭文或根源上属于人的存在的胜利。

附:阅读/潞潞

阅读集中了最多专注
它消磨掉生活的精粹
沉闷的大师,日夜在阁楼上
衣着和风度不值一提
阅读的灰烬,并不多
像雪的霰粒拍打窗户
那时他徘徊于冬夜
听到这陌生清冷的声音
阅读的鸦片,是的
征服了不谙世事的年轻人
他一夜一夜慰劳自己
抵消白昼的暑热和喧嚣
注定阅读的一生
所有细枝末节都得适应
关闭多余的语言
很少约会,足不出户
日益与外部世界冲突
变成谦恭而无趣的人

终有一天大师被束之高阁
玻璃窗上雪花融化
坚硬的词语变得柔软
蛊惑的真理象水汽蒸发
阅读只剩下阅读
他重新成为没有知识的婴儿
赤裸，光洁，透明
这就是阅读的全部
（最多佐以香烟和浓茶）
不会再多了，就是这样

男女老幼忠奸

此证

  我确信自己是一只毛毛虫。懒懒的，我的爱在枝条蔓延处。我是多么执拗，明明不得意，还装着露出笑容。面对那些小矮人，我说白雪公主在哪里？他们说白雪公主被关押在黑暗城堡里。我能说什么呢？我的坏脾气就来了。我无力阻止内部的腐败，我爬不出眼前的警戒线。

  这样讲来，真有些丧气。没关系，我还是收到远方的祝福。在大地的另一边，有另一只毛毛虫，他同样显得呆若木鸡。他的心眼好，内向得很。这个世界让我心烦意乱。我在树干间来回爬行，担心遭到无名的攻击。有时，爱情让我迅速变得安宁，淡忘了饥饿。

  我不关心重大和严苛的事件，我只是一只毛毛虫，不是别的大虫子。如果我是一头狮子，那应该怎么样？应该占山为王？我乐于想象山体的庞大，所有的小动物都来投靠我，也许还有畸形的、变种的后裔，总之是热闹非凡，围着我这个狮子王。王是骄傲的王，我发号施令，划定管辖范围。我允许不同的种群通婚，分配全部的食物，包括荤与素。我派遣一部分动物去战斗，鼓吹一种价值。

天气极其糟糕，总在下暴雨。我躲进了树洞，这里面潮湿，还有很多比我更弱小的虫子，他们从我的身旁爬过。他们向我挤眼睛，向我表达欣赏或爱慕，我也予以回报，眉开眼笑。天气依然糟糕，我的心忍不住七上八下。我没理由与天气较劲，可是天气依然糟糕，我怎能不发发坏脾气？！

我的季节是一季，我是短命的虫子。长命的是乌龟先生，他轻轻松松就可以活几百年。我主动和他说话，他也不理我。他从不惹乱子，只要能继续活下去就好。这种生存智慧被社会学家致以赞美，甚至就此写成了一本关于乌龟先生的励志书，书卖得很好，是一本畅销书。

我珍惜自己，尽可能自由地活着。我的存在足以证明存在的本体。我无视那些迷乱的尘埃，我需要的不是童话、寓言书、伟大的人类史诗——这是两不相干的事情。我不是人，我只是一只毛毛虫。

我认命，我不奢望像乌龟先生一样长寿。我厌恶行动的迟缓。我的爱人是一只比我脾气更坏的毛毛虫，她好吃懒做，但深爱我。宏大永远难以打动一只毛毛虫的心。我独对这群小矮人，我问道：最矮小的那个矮人去哪了？

那个小矮人偷偷溜入了黑暗城堡，妄图强奸被囚禁的白雪公主。

彼证

我怀疑自己不只是一只毛毛虫。快速的，我融于必要的礼数，我的爱被遮蔽于贪赃的手下。我是多么聪明，时时暴露自己的一部分悲伤。面对那些小矮人，我说白雪公主在哪里？他们说白雪公主被关押在黑暗城堡里。我能说什么呢？我的坏脾气就来了，我冒死阻止内部的腐败，与时光作梗。

翻来覆去地讲，还真是解气。夕阳西下，我听到止不住的胡言乱语。在丰收的语言暴力场，在争夺之间，我与你的面孔如出一辙。我的内心被酸液腌制，生疼。无聊的交易中，我保持善感之心。我的言辞让天空布满乌云。我在树干之间瞭望，期待着一次莫名其妙的邂逅。有时，爱情让我迅速变得被动，只能用食物来缓解爱的饥饿。

我注目细微而泛滥的事件，我不只是一只毛毛虫。如果我是旗帜，那应该怎样？应该迎风招展？我苦于想象山风的凛冽，所有的小动物都来举起我，也许还有手足无措的小丑，总之是热闹非凡，围着我这个旗帜。旗帜是众目睽睽的中心，它允许不同意见的表达，允许公开的批评和反批评。我不只是一只旁观的虫子，我生出了宏愿，我梦想的远方是一次神奇的抵达。

时间如流水，记录了时代。我躲入菜园，这里生活着不同种族的虫子。他们向我表达爱意。我不好意思，羞得藏入卷心菜的叶子里。这些温情让我心怀感激。日子依然是一副不争气的鬼样子，我的心忍不住一阵乱跳。我有理由与时间对抗，可是时间依然强悍，我怎能不发发坏脾气？！

我伸出了身子，我只要与众不同。短命的蜉蝣女士，她在一天之中就过完了一生。我同情她的短命，她充满了悲伤。她从不计较是否公平，只要能继续活下去就好。这种现象被哲学家致以赞美，甚至就此写成了一本哲学书，内容很艰深，是哲学系学生们的必读书。

我恐惧死亡，我想活到地球毁灭之时。我把自己拾起，放入金属的内部。我的恐惧足以证明恐惧的本来面目。我无视亲人的告诫，不需要组织、启示录、末日前的预言——这都是一些相互纠缠的事情。我不是人，也不只是一只毛毛虫。我不认命，我想抗拒生命的死亡。

我的爱人是一个比我更宽广的生命磁场,她不守成规,但尊敬我。我独对这群小矮人,我问道:最勇敢的那个王子在哪里?

　　那个淫邪的小矮人已溜入黑暗城堡,被囚禁的白雪公主一腔忠贞血。

　　王子正日夜兼程赶来,救你脱离苦海。

猪　肉

谁在那里盯着我？

是你吗？我请你吃红烧肉——唉，原来你就是一头活猪啊！

若是我端出一盘红烧肉给活猪吃——我告诉你，活猪会吃的，并且一定觉得美味极了——当猪的尸体被烹饪后，消灭掉尸体的味道，活猪大快朵颐，因为它已经觉察不出这是同类的尸体了。感谢煤气、色拉油、酱油、盐、葱、姜、蒜，等等，是它们合伙将尸体做成了一道美味并献给了活猪吃——残忍总是显得分外温柔，而在大多数情况下，人类与活猪具有相同的味觉判断：同一属性。

"猪羊一盘菜"——你如果不懂这个道理，真是没有资格吃一盘地道的红烧肉。你应该谢天谢地，也谢谢猪舍里的生活导师。活猪应该懂得感恩才对，被圈养的生活是一种好的生活，被宰杀的日子注定是一个好日子。

为了做好这盘红烧肉，我准备学习厨艺。

事到如今，我准备从猪的尸体上爬过去。

晋　味

我大口饮汾酒,绵甜的余味。你说换这个酒喝喝——永济的桑落酒,此酒可回味到南北朝。平顺人该不服气了,他们有甘泉酒,入口才称得起干净爽利。长治人的潞酒,已千年的历史,清亮醇和,曾喝倒潞安府的几多捕头。

顿了顿,我爱的是汾阳的竹叶青和垣曲的菖蒲酒,草木的清香,通脉去痹,喝出了晋人的脾气。

为了调和我的火气,你端来一碗宁化府的陈醋,我说可有榆次南六堡村的曲醋?你说没有。我说那你有襄汾的太平米醋吗?有陵川的玉泉陈醋吗?你说没有。我说那你还有什么?有定襄的荞面河捞还是长子的凉拌猪头肉?有霍州的花馍还是阳城的狮头馍?我此时想吃忻州的花糕,那宝塔一样的花糕哩,馋死个人。

你说今天不吃馍,我们要早上急急赶到临汾吃卷卷,中午去晋城吃焖酥火烧,晚上赴繁峙吃疤饼垫肚,可好?我说我梦到了阳城的江米丸,那才是我的早点,中午我想去大同吃馅饼,晚上栖身宁武,吃此地的一窝丝。

你说何止这些！向我推荐寿阳的茶食，据传韩愈吃过这种美食，那是在公元822年的一个夜宿时分。名头响亮的还有五台山的"砍三刀"，搭配原平的羊肉焖饼，临了，再吃一碗河曲的酸饭。

我竟有些自满了，山西的面食翻飞，刀削面、搓鱼鱼、拷姥姥、剔尖、猫耳朵，这片土地上的人民才真正热爱麦子，想象力灌注到吃食上，几千年乐此不疲。更有阳曲的傅山发明头脑，为八珍汤，要吃请早。如果早上起晚了，就去喝榆次的铜锅豆腐脑，夏天则吃曲沃的冻豆腐脑，口袋里装着芮城的麻片，吃腻了我就去朔州，那里有上好的粉浆，"黄儿"佐食。

你说我没志气，念念不忘太原的过油肉，我说人家忻州的蒸肉也好吃哩。洪洞有香煞人的燎肉，灵丘有熏鸡，静乐多蛋饺。太谷的鹌鹑茄子真是好吃得没法说。稷山的酿菜，鲜嫩异常。高平的烧豆腐，以白起的心肝尽食，祭奠四十万降兵，让我吃得胆战心惊。

太谷饼与闻喜煮饼皆甜食，但论甜腻，还是要数运城的蜜汁豆角。嘴里淌蜜，赶紧塞一口灵丘的黄烧饼，压住这甜腻。我到太原六味斋吃酱猪肉，平遥则供应酱牛肉。我喝了一碗羊杂割，再吃些长治的腊驴肉。肉吃得多了，换换口味！那么平定的黄瓜干、阳高的杏脯、芮城的无核糖枣就要多吃一些，舒坦。起身回家，不妨捎一些寿阳豆腐干，加上临县的酱玉瓜、代县的搅醋丝和介休的贯馅糖。

我听过最可爱的红枣名字，来自平陆，唤作屯屯枣。我喜欢这个名字。

我不大相信吃了五台山的山药降魔杵，真的就能降魔除怪。其原料不过是土豆一千克，加蒸精粉、大面包、竹签、紫菜头、芹菜叶、黄纸、花生油、精盐、味精、胡椒粉、椒盐与姜末。如此炮制，都是些寻常食物，焉能降伏妖怪？

早年的夏夜,我在榆次街头曾连吃三碗凉拌灌肠,那滋味不是太原的灌肠可比。太原人好卤汁,一味浇在灌肠上,黏黏糊糊,不爽口。榆次的灌肠只是配清醋、蒜泥与辣椒油,以竹签食之,清利到了极致。

食物在某种程度已占据记忆的重要关口——你记得脸颊的吻痕,记得失身,记得穿白衬衫的时光,记得烧红的胭脂,也应该记住曾经吃过的一餐上好炖羊肉。

现在的我,想念着正宗的山西饭菜。

破　嫁

　　人类分男女，就有了男女相爱与相斗。中国人重世俗生活，家长里短间才将人生看得真切与踏实。民间好热闹，口头文学以此为题材，口口相传，人人都得以上前去凑一个热闹看。所以就有了热闹，就有了桃花女破嫁周公。

　　周公算得准，因他得了天书。女子便不示弱，出来个桃花女，却得了地书。

　　故事起头就针锋相对，你不让我一分，我也不让你一毫。周公为邻里算命，以前从不出错，没承想现在所算之命皆被桃花女破解。这是女子要砸男子的饭碗啊！周公百思不得其解，正抓耳挠腮之际，彭祖这个媒人适时而来，撮合周公迎娶桃花女。周公答应了，却暗怀诡计，图谋日后害桃花女。这就是周公的面目，他想的是逞强，是要做天下第一等的算命人。用今天的话说，就是周公要做一个成功者，成功就要干掉竞争者，哪怕她只是一个女子，哪怕她是自己的发妻。

　　桃花女虽料到周公藏奸，还是答应了亲事。桃花女是要感动周公，当然这个感动是以她的本事做底子。这是桃花女的面目，她不管怎样料事如神，心里头想的还是成一个凡俗人家。女人如水，这水不仅是泪水，亦是爱的母性。——周公小啊。

成了亲，周公即设法害桃花女，但被妻子破解。这里有法术的高强之分，我想还有公道在。害人的人不论其法术有多么高强，终成不了大师。后周公幡然悔悟，与桃花女恩爱终身。这是个团圆的结局。中国的美学好就好在"团圆"二字。西方伟大的戏剧，多为悲剧，那大概多因为宗教的缘故，人生来就有罪，只有将这个原罪无限度放大，才能昭示人性的骨质，而悲剧是一种心灵的救赎，净化的是负罪之人的灵魂。西方的悲剧系统在中国就不灵了，因为中国人的骨子里不相信自我天生有罪，他们相信的是火热的世俗生活，相信的是破镜重圆，相信的是悲剧绽放后的化蝶之时。

老百姓称呼桃花女为桃花女先生，对她甚为尊重，因为这个女子的确是个好女子。她化敌为夫，是女子的表率，是一篇人世的好文章。

我早晨去菜市场，看到买菜的大部分是大妈。她们与小贩讨价还价，也如斗法一般，且手持装满蔬菜瓜果的菜袋子，仍能健步如飞。她们在年轻时也曾是意气风发的桃花女吧，我尊敬这些大妈们，因为她们都身怀几招破嫁的绝技。

然后书之

曹全碑:逸才,月朗与佳人,礼而自喜。乐舞,内持风流,不作乱。
石门颂:中气。自然然,孩童式庄重。青春的稳步。见其意趣。
急就章:厚而不腴。字为本尊,自为清洁。贯之以峻拔神态。偶有艳遇。
张迁碑:敦实,存江河志气。严守,邪不压正。千钧,非压迫。古面庞。
封泰山碑:皇家。法,威仪。大而光,杀人情私欲。
汉少室神道阙:素朴,大雅。字为本风。劲力足,多有回旋。端然。
莱子侯刻石:刀笔,拙。北派山水与文气。直取而造象,初生之古风。
开通褒斜道刻石:苍莽。张合之间,旷然,自由远意。气势慑人,不强夺。
天发神谶碑:神魔之笔,天道难违。方正内笔势尖厉,可立可破。可毁灭,可大吉祥。

蔡邕说:"书者,散也。欲书先散怀抱,任情恣性,然后书之。"意书者无所畏惧,而直见本性。儿时,我认的第一个汉字是外祖父所教,他把着我的右手,将笔尖落在了白纸上。

我人生初见汉字,胸中尚无针线痕迹,亦无余音。

说梁祝

这些天经常与人说梁祝。

第一次听这个故事,是在小时候,没觉得有什么特别的触动。后人到中年,再回忆这个故事,才觉得好。西方人如果创造梁祝的故事,结局一定是祝英台撞死在了墓碑上,两个人都死了,就完了。悲剧就是毁灭价值。罗密欧与朱丽叶是这样的,都殉情了,死了,冰冷而寂寞。至于因为两个年轻人的死而带来的家族和解,则是彻头彻尾的政治范畴。罗密欧与朱丽叶的故事是个大悲剧,我读完了,垂头丧气。西方人是这样的,他们认为死亡就是爱情悲剧的极致了。西方人的美学认识到这里就完了。

梁祝终究是在中国,所以他们化蝶了。这与罗密欧和朱丽叶的故事具有完全不同的美学走向。

死亡是一个生物现象,大概西方人从来就懂得这门学科,所以他们培养出了很多生物学家。中国人则不同,而是将他们化为蝴蝶,写成了诗歌。你说他们到底是死了还是没死?真不好说。中国人是反生物学的，他们最终要的是一个团圆，是美。那么这团圆和美，就没有任何规则可言。中国人全不顾逻辑不逻辑，只倾心美不美。中国人给的是一个不存在的真实，给的是一个梦。人怎么可以变成蝴蝶呢？中国人也知道这不可能，这真是太玄了——但放在梁祝这里却是无比真实的，仿佛梁祝两人如果不化成蝴蝶那才是咄咄怪事呢。

中国的美学是一种蛮横和直见的深情，绝对忠诚于美。只是美。

梁祝的故事绝不会导引出家族和解，原因很简单——人都化蝶去了，谁还管家族间的世仇呢。我这么说的意思是，中国的美学其实是超越政治的。

梁山伯的遗言是葬在祝英台出嫁的必经之地，这是不舍，也是在邀约。那么，祝英台就赴这个约了。这点很重要，这是信，是你"必定来"而不是你"也许来"。

回头看十八相送，真个是情意绵绵。现在的人去送另一个人，断然送不了十八里。但路程远还不是我最想说的好处，其好处是在十八相送中并未完全点破爱，而是朦胧与暗结。这是中国人的情愫。我不点破你，可是你似乎什么都明白了。不点破，是因缘未到。未到时，人不甘心，于是走一程送一程，差一点儿就送到天涯海角吧，真是差一点儿就白头了，唉！

梁祝故事里的马文才亦不简单，这个人不是坏人。祝英台不喜欢他，他却极爱祝英台。祝英台出嫁之途，要到梁山伯的坟头祭拜。迎娶是大礼，大礼之时新娘子却去祭拜所爱之人，这是非常不吉利的，而且一般人的面子也过不去啊。马文才居然答应了。这不是马文才大方，一个人是大方不到这个程度的，这是爱。正因为马文才的深情，梁祝的故事才完整。如果马文才是个恶霸，梁祝的故事就缺失了重要的一环。这一环非可有可无，而是有人世的慷慨与爱的坚忍。

梁祝的故事有很多版本，在上虞的版本中，祝英台的原籍在山西太原,系南迁而来。

化蝶一节的美丽,以街角老妪的话说,不为旁的,只因为化蝶好看。"好看"是老妪的家常话,亦是我的法度。

万夫莫开

在中国的城市与乡村，还找得到那些杀猪卖狗的异人。

我找到卖儿卖女的夫妇，听他们谈论孩子的未来。我找到时间的嫖客，听他谈论历史和性。在大批量生产安全套的工厂，我不知道监工是否明白有多少质量不合格的安全套被摆进了性用品商店，那些购买者不是猥琐的中年人就是瘦骨嶙峋的苍白青年。

你如果有缘遇见一个来自唐朝年间的无名诗人，你应该问他为什么所有的唐诗选本都没有选入他的一首诗——也许因为他穷困潦倒，也许因为他只是留恋青楼的艳曲，也许没有什么也许，但他还是他。这是一个问题。

问题是我不知道如何以当代人的眼光来判断一个唐朝年间的诗人，更荒谬的是我没有读过他的一首诗，原因很简单：所有的唐诗选本都没有选入他的一首诗。也许他恃才傲物，也许他只是贪图市井的喧闹，也许没有什么也许，但他还是他。这是一个真问题。

人事不停地变形，以至于我无力叙述眼前的情景，眼前的每一秒都是戏剧的因子，眼前的每一句对白都是至死不渝的铁律，眼前的每一个片段都是骗子的证据。我并非愤世嫉俗，相反我信任世间的爱与孤独。我惊奇的是，孤独是一片寂寞的野花，爱属于每一个人。

我保持谦卑的姿态，保持安静，对不停突变的事物报以沉默。

既然每个人都是孤独的人，那么野花就有了成千上万的名字——野花不野了，变得大众化了。爱是大众化的。

我在中国的北方犯瞌睡，一年又一年。我喂饱了肚子，冲着阳光走路，我说亲爱的时光啊，你要是真的强大，就在这一刻燃烧我。当时代一天天加深了我对于时代的刻板印象，我终于形成了另一个自己，即每天都对着墙壁说话的自己。

我不据守任何一个要地，而我的命，万夫莫开。

我曾经来过

人世裂了一个口子,我的心底寂寞。

尘埃飞舞,我的鞋子坏掉了,心却挂在了旗杆上。天涯路远,可是我曾经来过。

生命是渐渐松动的牙槽,遗漏残渣与污垢。人是土还是钢?人是鼠还是狼?我的双手发抖,掀开黑压压的屋顶。计算的间歇,我分不清黑白。我的洞窟如隐身之穴,老灵魂安息在动荡的肉体中。

前途难辨,外加易怒的气候、半生的米粒和致命的烟草——无论如何我曾经来过。

忧虑是多余的,有很多事情是多余的。人是水还是金?人是虎还是龙?我的嘴唇颤动,内心的力量如狂风。

我张开了怀抱,等待一个远方的朋友。我不再区分黑白,我的爱留在爱的深水湾。我的海是动身之所,小精灵飞行在安宁的夜空。

是非立显,外加热情的日光、未来的艺术和陈年的烈酒——无论如何我曾经来过。

也许忧虑是必要的,也许有很多事情是必要的。我是必要的,我已见识热暖冰寒,无论如何我都曾经来过。

他的父亲母亲

他已经老了,是个老东西了。

你安慰他,你说衰老并不可耻。你让他说说以前的事,你真狡猾,现在的孩子都很狡猾。

他随意说起了牢记的一些名人名言。德谟克里特说:"不应该追求一切种类的快乐,应该只追求高尚的快乐。"他曾经无比清晰地感受到痛苦,为了高尚的快乐而感到了痛苦。

卢梭说:"人要是惧怕痛苦,惧怕种种疾病,惧怕不测的事情,惧怕生命的危险和死亡,他就什么也不能忍受了。"卢梭说得对极了,他不能惧怕痛苦,更不能因为痛苦就停止追求高尚的快乐。

德谟克里特又说:"能使愚蠢的人学会一点东西的,并不是言辞,而是厄运。"他大致认为自己是一个愚蠢的人,所以应该感谢厄运。赫胥黎说过类似的话,说:"没有哪一个聪明人会否定痛苦与忧愁的锻炼价值。"命运锻炼他,让他碰壁,塑造陌生的他,甚至差一点就杀了他。

培根来帮腔,说:"无论何人,若是失去了耐心,就失去了灵魂。"他有耐心活下去并燃烧自己,因为在几亿年前,地球上多是蕨类的天下,茂盛得很,后来大都灭绝了,成了腐殖质,在地下沉积,最后变成了煤——那时的魂魄燃成了今时的火焰。

　　亚里士多德说:"即使上帝也无法改变过去。"他曾经恐惧对过去的一种毁灭,现在则更恐惧一种概率式的拯救。

　　他不再学习名人名言了。

　　对于未来,他是一个全人类的遗腹子,大概每个人都差不多。

　　他的父亲死了,母亲万岁。

小暑笔记

1

迷惑你的常常是文学中造反的部分,但真正值得观察的是其中稳定的部分。

2

矛盾的观点不是重点所在,重点是矛盾的现象——语言的现象。

3

多义性和无限的语言外延感受,是诗歌的魅力所在。严肃地说,在语言层面上,诗歌是没有敌人的——因为她已经包含了对于她的敌意或歧义之本身。

4

一菜一格,美食都有格式,文章当然各有文法。司空图的《二十四诗品》只讲风格,没一句废话,他不辩论。

其他的都有混的可能,抒情却不行,来不了半点的敷衍与凑合——因为抒情实在是太显眼了,抒情是遮不了丑的。

5

在沈从文的世界里,是有一个天国存在的,这不稀奇,很多作家都这样。沈从文的好,在于他从不去论证天国。

6

其实我很愿意说说那种先进的东西,虽然我深知自己并不十分清楚"先进的它"为什么就先进了,以及"先进的它"到底是个什么东西,正因为我并不十分清楚,所以我在很愿意说它的时候从来都不是因为不知从何说起而顿时失语,而只是因为一种抒情性的类似于家族保密传统的原因而沉默无语。它是先验的,它是血统的,或者它只能是诗歌的。

7

诗歌中那些最华丽的语言(最高级的华丽),其字词间的过渡皆惊人般地平稳,这"平稳"是诚实品质,非关技术。

8

艺术家都在研究怎么表达思想和情感,可是怎么表达沉默呢?沉默也是一种语言,关键是:沉默本身是怎么进行表达的呢?

9

广玉兰花像物质面包,色相肉厚,甚欲。

草绣球花比木绣球花显得单薄羸弱,但它擅于恰如其分地示弱。

夹竹桃花无死角般前仆后继地开放,它们没有坏脸色,它们宜合起来看——合起来看,它们是联盟体制,是花期如梦的长长久久乌托邦。

10

诗人车前子的诗歌里有一股直道之气,这是他的胆量,也是他的分量。他的胆量是胆大而无紧张的压迫感——他的分量即在此。

11

对于语言暴力,替换它的而不是超过它的是一种语言的共生体验。

力图写得老实清正,是与谵妄性写作的一种和平分手。

原先我以"自由"为不破之法身,现在则极为重视研究"纪律",比如怎样在文章中做到"以法破法"。

讣　文

　　阳光照在了水面上，我望着水面，我的眼前全是碎金子。

　　这些金子都是我的。我应该用它们买下一座城，你却说那座城本来就是我的，它属于我，以我的名义开门和关门，城门的旗帜上用金钱绣着我的姓氏，非常耀眼。

　　我相信你说的是真的，"真"的说出和说出的"真"都是瞬间之象。我相信瞬间，也相信你。我相信每个人的背后都有一个持之以恒的盯梢者，而不是审判者，这是正在发生的一切——赤裸裸地发生和对发生的当下记录——来自背后的盯梢者的记录，你无须转身是因为你从来都在背后不由自主地盯着你自己。

　　你盯着一张请帖，这请帖最终将是一篇大同小异的讣文。

　　我相信你，相信你说的爱，就像我相信最后时刻的等待。"看"是肤浅的，你不应该被我看到而应该被我听到。我无数次看着你的面容，这"看着"正是我在"听着"，你被我倾听着你的一切，我所有看你的目光都是在听着你的心跳声，如同我吻的不是你的嘴唇而是你的心脏。

你不猜测原因，也不试图拼凑一个未来的图景，你只定义：定义现在。你要的是现世报，你在中心抒情，你只在中心抒情，边缘对于你毫无效用。与其说这是你无视边缘的位置不如说你已经深深地厌弃了它们。边缘是对核心的疏离或根本上就是一种反叛，而你只对自己交付热忱，你就是你的核心。你已经受够了来自于边缘的因为其位置所在而无法避免的冷漠，这冷漠究其本质是一种正常的庸俗，一种肤浅的强硬做派——在你的眼中这是一种糊涂的泡沫，它甚至够不上成为一种生命的隐喻。

你的原始力量促使你生长出人性的激越，这"激越"的双胞胎妹妹是"叹息"。你的爱使你认识到死亡，死亡是激越的平息，爱是叹息。因为你的爱忠诚于私人质地并任由纯真与智慧合力塑造，或者因为纯真与智慧的不同而殊死搏斗，所以你的爱是如此矛盾和令人难以理解。

有时候你是一个问号，更多的时候你如行文般将要结束却不知如何收尾——你是停顿，你只是停顿而不是永远的搁置，事实上你确实需要被暂时放一放，你需要在空白处想象一种新的生活，这种生活不仅是罕见的，更要紧的是它必须是真实的。

它必须是真实的，哪怕是真实的死亡。

在真实的意义上，爱是自然选择的结果。你爱的时候，你就是爱，你就是你的一座城——你这个盯梢者说，那座城本来就是我的，它属于我，以我的名义开门和关门，城门的旗帜上用金钱绣着我的姓氏，非常耀眼。你的话语融合着某种延续终身又过度饱和的味道——我似乎闻到了小时候闻过的刨木头味道，叔叔辈的大龄青年们正挥汗如雨地为了自己的婚事而打造着新家具，他们都是被埋没的关于爱的能工巧匠——这恰好构成了其自身的一个隐喻。

那时的刨花香和新油漆直冲着鼻子而来的浓烈味道，足以使我感到莫名的兴奋，时间好像只是好事一件，你的味道正是那时间的枝蔓，直至我迷醉其中。

辑二 一株雪

汉语生象

人,顺生,气息而至,文道运转。汉语生象,人间气象。

语文之力,抵得起虚无和实有,有心人在读。其高旷的气息,雄劲的发音,开出风气,一派汉化文章。汉语的壮阔,力量充足,却不似马达、发动机、核电站,恰恰为天成,不是工业。汉语有大自然的气韵,从古时而来,如《诗经》的女子与农夫,笨拙,纯直,周身美丽。读汉语,我的嗓子清亮透彻,站在山冈上,面向山巅,将每一个音节说清楚,不附加人工,清白地说出去。我是肃穆的,当我使用汉语,我就显豁,傲气十足。

理、气、道、机、息、势、觉、喜、妄、兴。我写下这十个汉字,力量之大,不能自已。

怀疑、艰险、慌乱,扰人心魄。心中悲苦或烦忧,更不平。语言有知有智,天不开眼,人开眼。刀剑在握,人能哭能笑。坐下来,慢慢言;说出来,慢慢听。事物遥远,到不了头,现在几时就几时,当下解决。不必惶恐,朝代更迭是小事,上山上山,钓鱼钓鱼。大道通行，人置身其中，事物变于气势，不必去想，临头自有决断。心静，顺理。历史上人物刺激，文物尚在，歌赋犹新。命是庄严的，由不得乱摆。文章当沉下，当平铺直叙，是理。

　　脉相不断，以气至之，此中国文脉。开辟时代，文章运道，并万民于大吕之音。汉人书写的汉字，历代人懂。李白坐对面，他的身上布满灰尘，他读白话诗，也懂。宋人苏轼写响亮的诗词，我看到好，将诗词输入了电脑。李白活在今天，亦是一个酒仙，他还是他。汉语气脉相通，大力张开，我们有全世界最好的物产，我们饮竹叶青，斗花雕，珍藏女儿红。民族的文章一以贯之，没有器皿能盛下。汉文章广大、平直、放达、欢喜，是气。

　　运行不断，天意如此。走得再远，也在一条线上。万变终不变，道在运行。天的原始，人不可减一分，不论科技怎样发达，天仍是新鲜。天以道，人的理想不离本性，文章可教化。格物，是天意发现，人要自知。意图明了，道有浩然之气，沉静下来，文章得清平，人安逸。文化的高迈之气，流传人世，铭记于心。历史犯糊涂，人不怕，有义士在，见识不同的年代。人间的苦痛、革命、忏悔是铁打的篇章。茫茫然，清晰见底，是道。

　　看不出时辰，不迟或不早，就来了，挡不住的。人要有见地，无论接纳人世，或冒死抵抗。吟月的诗分外美丽，世间却难以团圆，属恨。花儿美丽，女子美丽，秦淮河的花船顺流而下，尤物美丽。清灯下，诗书历历。田埂，犁耙，睡醒的虫子，还有野外吹来的山风——美翻了过去，存劲直文风，也敢公然犯忌，说豪放的大话。中国的地盘大，志气亦大，战争不过是一盘棋局。这里的运势便脱开了形势，是自来的，单独为春秋发愿。这愿尚有不及，如苏轼诗"蓬莱不可到，弱水三万里"，蓬莱是仙境，所以还要从小处来，归世俗因果。又如宸濠翠妃的诗"绣针刺破纸糊窗，引透寒梅一线香"，无论大小、长远,英雄总在繁华处,繁华是初生的好。如此流变,历史的传接不迟也不早,天意热心,肯透露"一线香",这一线香火点着了,就是文章的机。

生命回荡,意气在先,悠长是好文章。苦痛为常有事,却缀成节点,化险恶为风光。外相崩坏并不足惧,怕在气息不存。坍塌亦是气息运转。占卜无用,退让也不必,自喜更是小儿之语。要自善。保存好文脉,文章自有成败。时代是传承,言语开阔延伸,时运就强。体魄决定精神的强健,语文更要壮大。汉语的气在,不管文字涂炭,静下来。这番等、这番守、这番对汉语的钟情,是息。

定有征兆,变化才开始。心中所想,与时代合一。表象打破后,万物皆有所指。明了。汉字是清亮的书写,在敞阔的作者手里才可发挥到极致。区区几个汉字,大化浸透纸面。文字是侠,存肝胆,有骨头。大书写,乘着势,那架势当然是汉语的嘹亮。追究文字质地,愈有劲力,气概方出来。汉语最易表达运势、无边的壮阔、空、大爱,文字承势,语言腾空,表露苦难与行乐。势,随人心跃动,是传下来的文曲星。语言的洪水不是势,只有文字形成权力,却不强迫,亦无滥情。让读者热血奔涌,是汉语之大信,信就是势。

是非之后所得,不是觉,当是滥觞,在哪里开放,哪里就感受人间之始。找最初的、原始的变化,文字昭示,明白通畅。文章如此,如萌芽般成长,春光乍现的一刻,心归于宁静,世事原来这般。文章即世事,屈子写得好诗,因他的自沉与文字是一体,是世事一种。烟火似的人间絮语和私人独白,俱是世事。在所有以前,文字已呈现结果,这个消息是确实的,这个消息来自汉语的坦荡。文章一下笔,大局已定,定是安定,安定是觉。

活就是热闹,我最欢喜。春节为大节,人皆尽兴。文字透露喜气,是人间的戏文。家中的柴米、邻里、嫁娶、交游、远亲、传说、宴席,往来翻腾,化为了人生喜乐。这看似小,仿佛不见殿堂,只是闲话,却乐意悠远,暖人心腹。皇帝祭天,小民在自家院中也祭祖,各自庄严,两相无障,图的就是个天地热闹。凡人家喜乐,汉文化不论贵贱,演的是一出好戏。汉语的活泼每在喜乐处,人家的世俗事体,包括迷信与传闻,都要人活得健硕和热闹。汉文化见不得冷清,历史本为家常事,文章的泼辣和俗气,是喜。

想什么就变什么,语言四分五裂,再完好如初。写天地变化,写空无,是卦象。万变为道。锁链不可羁押语言,汉文章可巨大,本不受控制。文章又咏叹,多情,引人落泪。写非常事,分明是惊雷,平地里爆。万物入笔,灵性一脉,入流水人家、闺怨深宫、妓寨风月。汉语有天大的妄想,望不到边际,虚无透亮,一路读来却分明切实,不觉受累与被欺。汉语的胜利,胜在明达,多么虚无和怪力的表述,亦为清白,不加掩饰和讨巧。妄,并非要人信,人偏信,当为笃信自己。汉语质地洁白,所以走笔无疆,代天地立言。妄,一概清楚通明,妄不当妄去想,才是真的妄。

历史的机运生出文章,不如说文章开新生,让历史清明。文化幽香,语言辽阔,滋养山河土壤。汉语为稀世珍宝,是我们的营养。每个字、词、句、音节——每个灵魂在歌唱。慎用汉字,不入心就格低,是自己低下,于汉语无损。那些污糟的废料当入地狱,书写汉字必恭敬,不能让一个字词染浮尘。作者尚在思,气象已不同,因时代是养料,时代清越是福,时代堕落生道,于文章无碍。成就文章,应每每谦恭,历史当兴。这个兴,是汉语的兴。

我幸为汉人,说汉语,陶潜云"清气澄余滓,杳然天界高",这是大汉语,是历史文章,万物自然自给,开出未来。我说汉文章,在如此年代,愿为士气。

危险旁白

认识我的人已离开，木兰花开了又谢。

床中间有一个洞，椅子只剩下一条腿，暖壶里没有开水。我的呼吸急迫，在卫生间的墙壁上写下了临别赠言。我不是铁石心肠，学不会崂山的妖术，我只是一个僵局，自我盘剥着自己。夜深，伤神，我斜躺着在养病。我经得起恐吓，却无力抵挡一曲迟到的挽歌。相信我，这是最危险的时刻。

门房里的看门人走了。我是一个虚空的壮汉，我徘徊在时代的门口，我是可疑的。大树越过风霜，年轮厚重，却被劈成柴火。我要找那把无辜的柴刀，找到丢失的记忆。地下室经常被淹掉——如果继续下暴雨，如果继续被诅咒。我无力安顿自己，我不是地主。相信我，这是最危险的时刻。

我要停下来，想洗手不干。我做了一桌丰盛的晚餐，可是请不到客人。我的胃口太小，吃不完这一桌菜肴，现在是七月，吃不完就会坏掉，就会变成泔水一样的东西。天井的下面，我看天，看云。我不屑于破坏团结，只是悄悄地站在一旁，学习安静。当压路机的声音响起，我盼望洒水车来，盼望清洁工人扫完整条大街，盼望行人寥寥。我仍然戴着面具，向自己说再见，吐露着秘密。当焦虑冲淡了诗意，我不要学院式的分析，我相信会有人改变这一切，一定会有人慢慢地爱上我。相信我，这是最危险的时刻。

三天两夜，我计算时日，使用不同的历法。我爱放大镜，我不断地夸张事实，为丑陋寻找勉强的理由。我的肉体虽然经过了打磨，但仍然是齑粉。我的想象过剩，我不能为一头母猪穿上鲜艳的礼服。我的诚实常常说谎，我的老实是不老实，我的理想是反理想。我站在正面，据守反面。我不把欺骗当回事，我只是不断地在加重。我想到海边走走，看看日出，为月亮当一个证人。相信我，这是最危险的时刻。

事与愿违，改变是艰难的，我害怕有一天自己认不出自己，成为自己的陌生人。我与每个春天打招呼，那没有名字的是草，那飞翔的是鸟儿，那大自然是大宗师。我自己辩驳自己，自己训练自己，幻想一个人的孔武有力。世界上有一个岛，我住在上面。我讴歌神圣，按捺不住自己的孩子气，故意在宏大景象的后面撒娇。我不知所措，我不敢呼应得太快，我害怕有一天自己认不出自己，成为自己的陌生人。相信我，这是最危险的时刻。

我大致把现状归于咎由自取，这是正确的。我不怕山穷水尽，不怕与天使决裂，我不怕。等到天涯海角，我在尽头为天堂描摹不朽。我容易跌倒——我最容易在平坦的路上跌倒。我不满足生活仅仅是过得去，我要四海一家。别为我闪开道路，如果阻挡是命定的，那就继续阻挡我吧，继续吧！聪明人将失去主心骨，我偏要糊涂。谁都可以为我指错道路，这没有什么可埋怨的，我的魔法现在还不能显灵。相信我，这是最危险的时刻。

不论天大地大，我自食其果。我不是赌棍，不参与游戏，不在街头醉倒。人性反复无常，人人受罪，我没有豁免权。我调整自己，让空气变得愉快。我遇到互相攻讦，这真令人伤心，人总是犯人的错误。我告诫自己，要擦亮眼睛，要靠直觉来分辨爱情，要用天平检验垂死的文化。人们也许误会了我，也许会一直这样误会下去，不存在什么最后的揭晓。庙堂正在扩建，在粪土里扩建。相信我，这是最危险的时刻。

我不止一次品尝过生活的铁拳，我熟悉这分量。我在局外，我在不被注意的地方，我在稿纸最下方的一个格子里，我的旁边是一个省略号。我的创伤已经包扎好了，也不再流血，只是没有愈合。我是一个天真汉，为陌生人点亮灯火。我厌倦怀疑，我怀疑拒绝，我拒绝了厌倦。绕圈子的时候，我想推翻路线，我并不显得高大，只是我不能再次忍受单调。相信我，这是最危险的时刻。

我这辈子都不会与约束和解。你别想勒索我，我什么都不会交出来，我的两手空空。我抗拒搜查，我讨厌夏天的蚊子，嗜血的动物让我恶心。我欢迎小朋友来我家做客，我为你们端出一大盘糖果。我大概每天都在放弃，也大概每天都能捡到些小玩意儿，我的平衡是对立。我喜欢预报错误的天气，我只喜欢错误——我不顾。相信我，这是最危险的时刻。

死去的东西，就不再活动。事相纷扰，我经常走到头，又失望而返。我不停地扫兴。我的肌体走向衰老，我开始把兄弟阋墙当作一出伟大的戏剧。我不大靠得住，我的一部分属于愚昧。在看不见的风景中，我大胆坚持，等待着一次裂变。我梦想纯净的源头，我离不开思念，我愿意回到海底。我如果是医生，将是一个庸医。相信我，这是最危险的时刻。

你看不见我，那是因为你还没有靠近我。我不与狗腿子来往，不怜悯傻子，不屈膝。我不考虑答案，漠视纪律，我不能在嘲笑自己的时候仍然控制着自己——我做不到。我习惯热讽。我不相信身高，我也不相信美貌。相信我，这是最危险的时刻。

我的脑子忙碌，我想进入极限。我需要一些必要的膨胀，我需要变成一个肥皂泡——只要这个肥皂泡够大。我向上升起，我猜观众一定觉得很好笑。我的行为的确可笑，可是我始终保持着严肃，这无疑更增加了笑料。我就要破了。相信我，这是最危险的时刻。

我不设法成功，回避教养。我在粗俗中看清了自己，感到存在。我表现野蛮，我在文明中表现野蛮。我没有保留，我不会留下便条，我说走就快走。我从不感到满足，我知道自己差得太多，我离自己十万八千里。我不想知道座次，不愿排号码，不考虑前面与后面。相信我，这是最危险的时刻。

祸是我惹下的，我就一个人承担。我不怕算账，不顾忌颜面，不担心暴露身份。我嫌不热闹，我期待烧火，我渴望高温。我不喜欢交换，不发春梦，不在路口拐弯。我喜欢新鲜，喜欢盲目，喜欢暗流，喜欢小城，喜欢大坝。相信我，这是最危险的时刻。

我在低处生活，把号角声当成了催眠曲。我燃起的，我要亲手熄灭，这是一个轮回。我不战栗，不退缩半步。我归置过时的物品，把天窗打开，为皮鞋擦上鞋油，将垃圾打包，合上了一本书。我学会了一种语言。如果我丢了我，你们不要去找我。我想笑，却潸然泪下。相信我，这是最危险的时刻。

——我相信你。大约在十亿年前，地球上就有了水，后来过了漫长的时间，才有了我和你。

破茧偷生

　　一种驱使力，语言的野蛮幻象皆来源于此，它使意义变得伟大，却模糊不清地相互纠缠。超越于文本之外的精神压制盲目地扩张，这笑话一般的东西居然概括为个人与历史的整体，它几乎造成一种遮天蔽日式的语言局势。一种驱使力，它是语言极力掩蔽的真正灵魂，当你试图写作，那种独断的危险与你同行，并缓慢而坚定地控制住直觉。写作成了一种强大到全部的秘密，你事前竟对它一无所知。

　　我们在受苦，难道被生殖力所驱使？它是自然的精血吗？或许我们需要的只是一个最高级的秘密，如保尔·克莱所说："在最高境地里开始那充满秘密性的事物，而理智熄灭得很惨。"伟大的语言并没有通过规律与秩序的中心，它甚至是无意义的，每一个严肃的、自我拷问的写作者都明白其中深意。因为只有在雷击中，在自由、暴躁、无话可说的挥霍中，天才方能得以诞生——他们感到了前所未有的生命重量并为摇摆不定的精神机器而疯狂洞开。在语言的极致，作者将大起胆子来颠覆一切。颠覆之后，语言又消失了，隐去得很快，像所有古怪的人一样，转瞬即逝。但写作者明白，它还会来，来时就像一个沐浴着阴影、身患性瘾病和不知羞耻为何物的君王。

语言是一尊不会动的、伪造的行动幻象。它不是活生生的，活的人生，其杀伤力往往不如死的，如光辉的恐吓、明目张胆地作伪、远远地似乎要深入肉体的矛枪。语言的深井中，平常之事被膨胀的充血所笼罩，文道只是看似确切的亲缘呵护：近于无聊。

真正的语言艺术应不断地进行分裂，它只能是非它的模样，并永不甘心。要破坏那些僵化的语言秩序，它与言说者所达成的虚假契约是狂妄无理的。

无论怎样，作者抵达的首先是语言。人世太纯粹，强度过大，它总不能完成生命整体所发出的庄严一致。语言如一个生命之杯，它不是因为盛放生命才成为了杯子本身，而是它看起来更像是一个杯子。语言的元素是什么？它一定不是解决，因为肉体失火了，精神就不会恢复原状。没有永远的救世主，一切只能靠写作者本人。语言进入到生殖的混乱中，我被动又转动，仿佛第一次发现了天真的根源，我看到所有的残虐之美和背后藏纳的神祇，我学着崇拜、悲哀和抓住不健全的神经末梢。此时，语言暴力发起了冲锋，我攻击适应性——先要树立一个巨大的敌人，否则无法写作。

语言真正现实起来，成为了一种工具。我愿意称语言为个人的，它张开口，我要看到它的全副假牙。生活仿佛很招摇，禁闭却一直在公开进行，我不在乎深入，我是自由的儿子，语言是漫长无涯的强制力——它使我看到的世界永不出生或已经死去了万年。

来份便当

——我在角落,便当在哪里?

这是贪生怕死的一代人,自私是主色调,人囚禁在自己的圈子里,转圈子。或人在狭隘的阶梯上得到浮华的玻璃——易碎、声色、泛滥。

人心乱,杂,各有枝杈,指向过多,根基不稳。我注意人们的面孔,大都营养过剩,纹路间隐藏着苦恼,内心慌乱。未来是零,也是一百,永远不可知。路是独木桥,不知怎么走,无奈和对无奈的恐惧,写在无数个肥头大耳的面目上。

在深夜行走,人都带着一把刀子。有多快的刀,就有多胆小的人。前路漫长,苦痛相伴,刀子只是壮胆而已。

坍塌前,人们肆意放纵。各自等待,审判无限期延长。法官放假,公诉人抱病,起诉书是白纸一张。陪审员是个白痴,嘟囔着什么。审判,不了了之。什么是真正的审判?我读不懂审判书上的文字。

我怀念甲骨文的单纯。现在我的脑筋经常性撞车,一起接一起的恶性交通事故,车毁人亡。

流浪的脚步还在走,急不可耐。我没有羊赶,不曾放蜂,却追着一个时代流浪。或许我应该停下来看一看,不要太急。我应该躺在大地上,看白云苍狗,读里巷风云。我心中的问题应该减少到只剩下一个问题,即死亡的问题。

　　红尘是红的,红得让人迷眼睛。人对世界痴情,以至于无聊。年代变了,距离永恒越来越远了,也不举行任何告别仪式。中国的气质已变,相见不相识,两眼泪汪汪。我感到了饥饿,一盘清蒸鲍鱼与一碗炸酱面没有什么分别——这是个饥饿的时刻,饥饿的人们只是需要一份便当,仅仅是一份便当。

乘风沐雪

  我仰望天空，那里经风雨，落雪花，交织更替。

  天空并不寂寞，如人间的泪水与欢言。长年长随，命理终归天理，天空是妙手，信手拈来，写下了一个秘密。

  天下之大，白云变苍狗，没有屋檐和窗棂，只是天，只是天的悠远流长，肃穆庄严。我们的双脚走下去，每一步都要用力，都要留下脚印，坦坦荡荡。人看天，天自动容，似于幻境。超然度外想起来很美，却不达标，成了虚无，如一个城堡，它一定是全世界最坚固的城堡，但还未动工建造，只在工程图上凛然自威。

  流逝的人生故事，让我哑然失笑，真正的好汉不会囿于过去，只有珍惜与博弈。天的护佑下，人们时而离散，时而团聚。天是有眼的，看着人们奔波，看到疲倦之极。其实落落市井，天下相同，连鸡犬声亦透露出人家图景。人有位阶与沉浮，上，可以号令，甚至烽火相连，若无力直抵人心，就还是假象；下，若安然昏睡，则执迷不悟。

  清明的是幽居、菜园和乡村。城市遍布商路，挤压之下，莫不泪眼浑浊。好的是，命在外，人还可以回到内心，心敞开就是乾坤。多余的是杂念、杂耍、杂秽，人不要，一定就能不要。

扛在肩上的是命运，沉甸甸的，有时虚无缥缈，难以捉摸。不管怎样，命运独自前行，自顾自。唯一的是缘。缘，不可理喻，横行无理，温柔霸道。爱有主张，存分明。缘没有主张，缘是自由的，天马行空。缘摆脱了束缚，断绝了牵连，绝无目的。爱，总要听命于缘，没有逃遁的法子。

个人直对世界，寂寞的人生。当下的好，是生活的细微与趣味，大道无形，小的总是有形状样貌，是可见的，所以亲切。人往小处活，既然这样小，就要小得有滋有味。这是福，不是祸。小时候，我喜欢听长辈在深夜谈家事，自己年幼，不得参与，就乖乖地听着。大人也不避讳，以为我不懂。那些凡俗家事，竟是这样好听，听下去，才发觉人生的好是一种真实的好。今生的事不是梦，说到底，是家，是家常话，是人情味，是长情短意，因为人要流泪，人也会快乐。人是活着的，肚子要拉屎放屁，必须喝粥吃饭。

空无与人世相伴，空落落的，人心慌了。生活要有底色才行，有色才有万象。佛经讲色即是空，色是物质世界，但即使是空，如佛陀所言，也要有物质做底子，才能真的见着了空。时空转移，世象变化，成长是一棵树。人心不加以铁笼，找寻内心之路，沿途青山绿水。内心世象，需在丝绸与弯刀的缝隙里窥见意义的真身。

民间的礼仪、禁忌、讲究，近于巫术。这些臆造的横来之笔，支撑着百姓的前世今生。活着从来都是繁杂，而不是编排。生活如流水，院落牢固，人们栖息其中，如此的安详。梦里梦见了什么，人就肯相信什么。睁开眼，仿佛人就能看到刚才所梦见的什么。

空气里有各种气味，各为己出。你闻到草莓的气息，或许你就可以采摘到新鲜的草莓。清流在世，总有一些人事让你心生暖意，怀抱莲花。凡俗之人站得不高,但总要看得远一些。天大地大,我们在赶路。幸福来了,幸福从来就没有名字。

清晨吹来了清风,日暮时飘落漫天的雪花,天下洁白。

美丽是孩子的心事,好人的眼睛清澈如水,情人不再流泪。

心碎的恋爱是昨日,昨日已经死亡,从此不再提起。

路远人稀

　　回头咬断脐带，鲜血淋漓。不可让大夫动手，用自己的两排寒牙咬下去，不必怕疼痛。咬掉的脐带，不能交给漂亮的护士，更不可交到敌人手中。脐带要埋入土里，与大地一起腐烂。所有的营养和垃圾，终归于泥土，大地最大。

　　独父。父在上，父是抽象的存在，父沉默无言。父是暴力的一部分，父是坚硬的，父是干巴的，父缺少水分，不易潮湿。父咄咄逼人，父是进攻的，父是矛枪，必然尖锐。父的领域广阔，具有延展性。父长满触角，是一种占领，是侵略。父有一个地盘，有地盘才能立足。父在中心，是旗杆。父的姿态是高拔的，并持续长高，需要仰视。父的声音洪亮，说出的话传到远方去，穿过墙壁和牢笼，直达人心。父的体格强健，蛮力。父的拳头很大，臂膀上文着青龙和白虎，背后有烧伤的印记。父在小时候差一点没了性命。父有所准备，父敢于对付一切——一切对于父是不公正的，父对于一切也不公正。父的拥抱非常僵硬，拥抱时还在犹豫。父认清了不幸，看到灾难与爱情一并出现。

父挺立着，期望能够一直勃起。父充血时，是一头猛兽。父在流露爱意和进行挑衅时有一部分是相通的，这相通的部分即是父的极度亢奋。父在受压迫和施压迫时同样亢奋。父源于一个时代，父的时代是即将消逝的时代，是永远斗争的时代，是一种巨大的分裂。

众子。子在下，子的个头矮小。子是具体的，子被命令，所以子是具体的。子是父的延续，子是成长的，子现在的骨头酥软，但会越来越坚硬——直到子成为了父。子在夜里独自哭泣，有水分，易潮湿。潮湿在父和子的眼中是一种丢脸的状况，但潮湿不可避免，潮湿是人性的一部分，就像父性和子性是人性的一部分。子是防守的，不是被动的防守，而是主动的防守。子的孤独、子的决绝、子的造反，是一种悲剧式的防守，曾经的子、现在的子和未来的子，终将明白这个道理。子是瘦弱的，子总是盯着地面，从不抬头见人。子悄悄说爱，大声泄愤。子是刀剑的附体，子一天天长大了，子拖着单薄的背影。子愿意将错就错、一错再错、错上加错。子预示着一个惩罚，子是一个轮回的开始与结束。子在未来是父，父父子子，子子父父，这个世界永远不会根除弑父和杀子的案例。

家园。始终存在一个家园，想象这个老地方，亲近这个虚幻。秩序矗立头顶，秩序非纸上文章。秩序是仇恨的策源地。家园离得遥远，却在你最熟悉的地方。因为太熟悉了，所以你才找不到它。花儿开过，天凉了，寻找的人长着一张破碎的脸。荆棘是生命的献礼，通过人世的繁华，通过荒凉，眼睛才能看到一切。可我们被黑，眼睛虽然已经睁得够大，瞪着圆眼珠，但天还是黑的，伸手不见五指。不见晨光，声色从诞生之日起就被涂抹了黑漆，这黑暗的沉重的荒凉。家园成为了一个谜，本来伸手可触，现在却无有踪影。那些美丽和天真的软弱，还在诱惑眼前的人们。当黑白倒转，当正反尖锐对抗，美丽就是一种新鲜的野蛮，天真就是存心的欺骗，而软弱正在犯罪。世界并不寂寞，乌鸦比喜鹊来得早,乌鸦预报着不祥。乌鸦的翅膀沉重。乌鸦念咒语。乌鸦不美。

　　孽障。高度决定远近,高度是一个真实的障碍。心灵的低语和呼叫,以一种被压迫的方式发出了声响,声音曲折,以致语焉不详。求救是孤独者的信号,发出后只为寻找同伴。安慰是一种灵药,人类需要灵药,因为人类太紧迫了,人需要休息。人即使摆脱了苦难,也不能消灭琐碎的麻烦与荒谬,这是比苦难更顽固的疾病。事实上,苦难是巨大的,人能够战胜巨大的东西,人可以使自己也巨大起来,人可以像巨人一般与苦难作对,但人的巨大无法对付细微,无法对付生活的碎片化和荒谬感。巨人擒得住恶魔,却杀不死生活中的精神麻烦。人或可自我矮小,矮化则混同于细小处的危机,从而导致整体麻木。床榻上的对立、酒桌间的挣扎、厨房里的风波是最危险的——最危险的是日常大战。人死于日常生活,感知越灵敏,死亡的速度就越快,死亡的速度越快,日常的图景就越新鲜。碎屑的尖锐比愤怒的大刀更具有攻击性,针是绝密武器,是全盘的毁灭工具,是对于生活无聊的茫茫不尽的推动感。蚂蚁真的撼动了大象,蚂蚁占山为王,而人终归要呻吟,要持续不断地尖叫。

　　追捕。生活张开了大网,孔眼细密。网收紧,人的力量愈显薄弱,挣扎是一种常态。被追捕的感觉是如此强烈,抓紧人心。看似江河日落,悠闲恬淡;好像无欲无求,大道无形;似乎跳出尘世,不在五行中,而人的内心煎熬愈甚,翻江倒海间,水火两不容。喝一杯茶,吸一支烟,缓缓说几句话,是平常的肢体活动,生活无有大变动;一切只是表面,表面的生活是肤浅的生活,思绪在逃亡。墙壁无法阻挡心的异动,听不进去任何规劝,想逃到一个陌生的地方。劳动是没有用的,机械的劳作丧失了方向,目的地并不明确。汗水只配解决吃饭的问题,汗水有用地流淌——无用才是另一种真实。劳动如桎梏,牵制着心灵，关于解放的一切被无限期延后——劳动，劳动被认为是可耻的。潜行的身影在蠕动，每一时刻都在动着，向外和向内伸出，伸出去就是逃。生活的网追捕游荡的心，日常的图景如铁钳一般，在脑后追击。无论逃亡和寻找，无论追捕与禁锢，最后的结局也许永远都不会到来。心灵在抵抗，而心灵在多数时候只是一种脆弱的姿态——它仅仅是蔑视。

　　同伴。你不是一个人，你身边的人在心底寻觅着同伴。人字形的大雁飞过，它们排列整齐，组织严密——它们太显眼了，像一群无辜的靶子，密集的子弹穿透了大雁的柔软身体，它们一个个从天空坠落，几乎是整齐地牺牲了。你的同伴不拉帮结派，只是沉浸于自我的孤独中。孤独是温暖的，她给予爱孤独的人一种孤独的保护。纯粹的事物往往骇人，是惊吓的产物，同伴的目光专注于远方，杂质和渣滓环绕着他们，妄图进入他们的灵魂深处，破坏这份坚守。他们被视为精神上的叛逃，被视为异端、出格者或一个滑稽演员。他们在秩序之外，他们永远不在中心地带，他们鄙夷精神的虚伪架构。他们只相信个人，相信罪，相信救赎的力量。同伴散落四处，但每一个同伴看到同伴时都能认出对方。认同是心底的秘密，没必要进行大呼小叫的握手与拥抱，他们各自沉默地做着相同的事情，不分彼此。路是危险的，前途一时还看不清楚，时间折磨人的耐性。一个时刻表示一个路标，同伴各寻各路，走对还是走错，全无道理。他们没有地图，没有帐篷，没有棉衣，没有罗盘，没有药瓶，但他们举着一团火。火是一个希望，照耀着崎岖的道路，只有距离某一个同伴最近的那个同伴才可以感受到彼此之间的间距与位置。路向不同，但火势鼓舞着同伴们——还好，黑暗并没有完全降临。

　　围剿。最深刻的伤害发生在近处。刺客往往是亲人，暖融融的几句话就足以断送一次突围。要警惕那些温柔的福音，它使你的双脚离地，失去了根基。当众人簇拥你，不要沾沾自喜，这会遮蔽你的目光，你的心灵由此将变得面目全非。进攻在不经意间已经开始了，和风细雨般进入了你的脑袋，而你竟是如此容易被迷醉。明显的路障难不倒你，你敢上路，就一定不怕明枪亮剑，但一碗水呢？一句揪心的誓言呢？一场伤心的哭泣呢？一双温暖的手掌呢？祈求呢？这不是用刀剑来杀死你，而是用爱来对你进行残忍的灭绝。这种爱是虚伪的爱，是孤立的爱——这不是爱，而是隐藏的冷酷生活原则。生活被定型为一个原则，为了安全，大家必须服从它，这是恐怖的哲学。众人都在原则中生活，你想逃出，这是不被允许的，必须追击你，把你拉回来，强迫你回头。因为你的出逃，让众人感到了不安全，感到原则的有限和脆弱，感到一种虚无的日常荒谬。众人遵守着堂皇的原则，守护当下的所谓清白而不是当初的清白，众人的原则不能倒。日常是集体的遮羞布，又是神祇，如果这个原则倒了，众人将瘫痪在出逃者所突围的道路上。

路径。路延伸下去，远方远，天正是清早。岔路太多，指出不同的方向，前进和迂回，路向不明。从大路向南，拐向北，再折回西，向东方继续前进。偏北方转正西，西转南，南转偏东，再向偏北，向偏南前进。小道连着大路，路的路向复杂，消耗了大把的时间。老天爷没有任何指示，只是摸索着前进，前后的方向在不同的道路上，相互连通，左右相接。对于路的选择，是人生的谜团，这样看来，仅是出逃是容易的，但逃往何方却成为一个严重的问题。山过去是河，河过去是平原，平原过去是高地，高地过去是大海，大海过去是陆地，陆地延伸着一条坎坷的路。循环前进，后退，分四路，开八路试探，前途茫茫，命运在前途中变奏。路的宽窄和难易，无法说明路的正确与错误，路就是路，引向什么所在，路并不知晓。但只要有路，就有到达的可能，路是不会断绝的。摆脱一切是值得的，出逃者陷入了路径的迷乱，也品尝到选择的自由——这是值得的。路是天路、路会迷路、路也许断路、路可能是死路，但毕竟有路。

铁蛋。即使出逃者一贫如洗，但至少他们拥有原初的身份。身份的自我认同，是出逃的原动力。他们明明白白地走，断绝带来的苦痛被抛在了脑后，他们可以放下一切，却不能放下原先的自己。这是他们的生死场，是判断出逃的一项精神指标。他们可以推翻价值，可以重新估量理想，但他们无法淹没自我的身份。一次出逃可能演变为一场惊心动魄的记忆或一段不为人知的旅程，皆个人所为。再过五十年、再过五百年，出逃一样会继续，价值的链条仍然会继续转动，路还是那条老路，连接时间的铁幕。心底的东西都一样，谁也一样，相信心的最深处，要记得住出处，当出逃者奋力割断了羁绊，他们也不能忘记过去，不能忘记自己是曾经的铁蛋、二牛、龙龙、三丑、卫东、大伟、刚刚、三哥、翠花、美香、桂花、彩霞、小丽、玉红、金凤——只要有一个人说"我原先的乳名叫铁蛋"，那么这个看似飘摇的世界就不会轻而易举地垮掉。

语言。为什么定义为出逃，而不是寻找？命名是艰难的，这关系到对语言和生命的态度。从父的坐标出发，子是一种不可遏制的血缘延续，子与父相互转化，但只有通过分化才能看清父子内部的危机。家园产生于矛盾，提供想象，是美的图腾，美是不安定的，你无法确定能否最终找到她，找到后则永远存在失去的危险。孽障引向日常，引向碎屑生活的暴力，引向大与小的辩证，同样引向道路，引向模糊的前方之路。解决还没有真正开始，日常的追捕就已经赶到，急迫到不容喘气。同伴适时而生，这是一种力量和鼓舞，出逃者需要这份勇气。围剿是个老问题，其反复被提出，是因为这个问题还从来没有被真正解决掉。路径第一次肯定了路的价值，路的一部分被神圣化，这有些虚假，但不可避免。"铁蛋"是记忆，是记忆中的时光与阴影，是原初的生命冲动。出逃是第一步，如婴儿的第一声啼哭。

世界敞开了大门，敞开了诞生与死亡。仿佛路途上有一个人，天上就有对应这个人的一颗星星。即使这个人亲手击垮了自己，天上的那颗星星却依然闪亮着，眨着眼睛。雾霭散尽，清楚、清明、清澈、清净。

天下早，夜无声，活可恕，道难违。

骨如钢，头尚在。人平安，狗不吠。

从未启封

　　天上的人，地下的物，还有河流、大地、草原、山峰、麦地，再加上花朵，花朵包括富贵的牡丹和无人知晓的百合。还有四处游窜的狐狸，挑衅的公鸡，无可奈何的猪，温顺的白兔，受虐的毛驴，自恋的猫咪，孤独的黄狗，没有任何着落的花色野鸡，临死都不愿尖叫的绵羊，快乐的小鸡，憨憨的从不停止思考的牛。门口忠诚的篱笆，咄咄逼人的辣椒挂串，清白的卷心菜，顺应季节的葫芦，善良的外乡的玉米，可爱的少女的番茄，孩子一般的韭菜，孤傲的青葱，蒜头，总在生气的蒜头，运动的土豆，男人的萝卜，美好的健康的青椒，松松垮垮的生菜，性感的姜。墙角的木凳，平庸的桌子，可怜的筷子，不幸的碗，更加悲惨的炒锅和勺子，静静的地板和愉快的扫帚，放纵的拖把，冰冷的水龙头，贴身的水杯，流泪的信笺，慈爱的被褥和枕头，正直的钢笔，没出息的铅笔，用过的最后一块橡皮，你还记得吗？

　　深沉的桌椅，冬季的校园，夏天消逝得太快，阳光，刺眼的像刀子一样的光。我的小板凳，童年的街道，诚实的大树，草丛。打架的少年，孤独的女孩，我的委屈，奔跑的脚步，变态的身影，恐惧，成长的泪水，喜悦的歌声，被退回的信，相见与狼狈的别离。云就像人的命运，暗夜和少得可怜的星星，我的目光游离。爱，人群，停电，心灵地震，安静的私人房间，团聚的客厅。家，单位，自行车，修自行车的人，肮脏的工具，自我折磨和自我救赎，放肆的笑话，不为人知的时光。感谢，日复一日的早餐，戴眼镜的女班主任，留分头的男体育老师，夭折的天使，诗集，源源不断的金钱，势力与恩惠，迷人的音乐和要命的逻辑。

　　生我养我的故乡，午后的黄沙，苍凉月色，庭院，香水，俗艳的面料，牢笼中的野兽，七色昆虫，羊群。慢慢闭上的眼睛，一切的一切还在等待，等待第一次开启。

呈堂证供

　　我去过三次北京，却没有登长城，我怕听到孟姜女幽怨的哭声。
　　荒山一片，人心迷乱。多少年的故事，流传或封闭，主人公已被遗忘，死亡将夺去一切。荒山上，照样发生着爱情，嫩芽依然在长大。我爱着爱情，爱情消逝后，我就爱着爱情的遗迹。
　　我不相信哲学家，只相信发明家。哲学很深刻，却无力解释生活，因为哲学在根本上无法解释浅薄，而生活正是浅薄的。这是简单的道理，道理之所以是道理，就是因为道理是浅薄的。我也读哲学书，当作一种训练：训练我的忍耐力。这种训练的终极目的，是引导自己在任何时刻都不要被浅薄所迷惑。对于浅薄而言，深刻是一个华贵的陪衬，华贵的陪衬也只是陪衬，它并无实际效用，但不必下地狱。
　　人世变化，当受。爱人分散在不同的地方，需要等待漫长的时间，相爱的人才能相见。大树生长绿叶，地上开出花朵，河流养活鱼虾，我为自己生活。我开始认清了自己，夏天好像永远是夏天，冬天才是冬天。推开重门，我拥抱火热的日子。日子是一首诗，是我永远写不出的那首诗。

时代是一个影子，笼罩着我。人不能选择时代，活着多多少少是一件被迫的事情。我拒绝病态的缠绕，通晓一些执拗的语言。任何时候都存在着一个谜，亘古不变。我期望自己能够探索人性的因子，或者什么也不做，只为她唱一首没完没了的情歌。

未知迷住了我，迷住我的一颗心。妖娆的桃花，开得糊涂，点亮稀薄的春天。美好是因为刚刚开始，却还不知道结局。我怀着空洞的希望，构思抽象的幸福，为将来涂抹底色。生活不可想象，我等待着吉日、庆典、团圆和喜宴，我在老屋里等待着。

理想发昏，人没有劲，提不起精神。我端坐着，神色紧张，时间是严重的，我承受着这分严重。好时光被大量浪费，抽光的身体疲惫之极，我失去了力气。我的老化已开始，急速地，不可遏制。我抵抗衰老——我抵抗的只是自己。那传递喜讯的信使，也为我捎来了远方的噩耗。我被放在了深水潭中，淹没掉记忆。或者我行走于花园小径，满腹忧愁，几个儿童在我的不远处玩耍着，石凳上没有人。

答案不是全部，大多数答案是打折的处理货。迷信答案，不如研究问题本身。因为我的头脑逐渐变得清晰，所以我看起来显得更加愚蠢。我打消了浪迹天涯的念头，只想待在故乡。我厌恶汽车，因为它的速度太快了。

距离，存在距离的距离，距离是心寒的产物。我不丈量距离，距离却丈量我。距离是生硬的，它黑着脸，只晓得拉长距离。我背身远离距离，我逃得越远，距离感越强烈。在距离我不远的地方，是一个模糊的界标。我的距离产生于距离中的我。

恍惚间，人升腾，找不到支点。我朝相反的方向张望，飞机频繁地掠过，内心不安。无力压我，无力是一种顽固的力量，它压我。众人在我的身后，只有一个亲人在远方接应我。我要去远方，我不借助拐杖，拒绝十全补品，只是不问因果地走下去。物象杂乱，悲苦围绕尘世，钢铁铸就人心，人在中央。孔雀开屏、兔子拔萝卜、刺猬打盹、蛇卷曲、马嘶鸣，我一路迎着风雨。

我泼冷水，冷静，冷处理，冷凝结，冷冷地笑。氢气球飘在天空，我抬头望，想起美妙的旧时光。我给自己鼓劲，了却旧事，丢开金属制作的绳索。浓雾弥漫，万象迷蒙，我的神态淡然。

没结果的结果和有结果的结果，互相证明或证伪着。我不愿推究证明与证伪，只关注着具体：从桥上跃下的那个伤心人是具体的，初恋的女友是具体的，聘礼是具体的，红包和喜糖是具体的，离别的泪是具体的，吻是具体的。

说不清楚的是苦，中了的是毒，树挂着果。我温暖一个希望，试图解决复杂。寒雾逼近，我贪婪地呼吸空气。夜深人静，我穿行在城市的街道中。

快乐是隐秘的，黑暗为我划破了铁幕，我问起了为什么——为什么总是一则寓言，而不是一篇童话？为什么总是一纸命令，而不是一声问候？为什么总是一道山梁，而不是一条河流？为什么是为什么？

我追问至山穷水尽、植物不生长、动物隐蔽、食物链断裂。

在冷眼与热泪中，我来不及变化，现在到了提出证据的关口。即使怀疑还很强大，人们百口难辩；即使天要下雨，下冰雹，砸到人类身上；即使大地无言，田地并不肥沃，家畜都有些忧郁；即使霓虹灯照亮夜晚，停电令尚未下达；即使爱只是一个口号，手臂却缠着黑纱，丧曲就要开锣；即使人已经死了，但太平间的隔壁就是一间产房。

红袖青衫

太阳起床了。天很远,有云,微风吹过,又散去。

我们穿着新衣裳,互相追逐,笑与骂,美让我蒙上了眼睛。人生还有多少时间?——现在尚早,容得下我们的胡闹。

我为你指出远方,告诉你一朵野花因何美丽。我讲大人物的笑话,愿意为你回忆荒唐的往事。我望着你,为你讲出了我的一切,只要你在我的身边,你就是我的。

是你教会了我生活,是你让我变得冷静。我总在暗处,在爱上你之前,我曾经爱上了绝望。我像个老人,沉湎于回忆,只追寻旧日的时光。我的身体是紧绷的,我的哀伤是过度的,我总是过度。是你让我重新开始亲近生活,我离地面过高了,是你把我拽了下来。我的绝望和神经质的迷狂是一种原发性的病灶,你认为这病灶属于青春期的虚妄,你认为这些不值得重视——因为你只要每天吻我的嘴唇,我的病灶就会瓦解。

我不想说更多的话,够了。我们的爱,我们爱得当然,就像风不必感谢云,刀回到了鞘。而市井的图像依然模糊不清,人声嘈杂,爱欲翻腾。

两个人在一起就好,一起喝碗稀粥,屋里很暖和,话音刚落,就打开了灯。

一阕升天

封紧嘴巴。惧怕人。

故意闭上眼睛,阳光像利刃,锐利太美。我们看到了美,感到心虚。我们把耳朵堵住,怕听到内心的音乐。我们怕。香与臭狡辩不清,所以我们不闻——我们怕。我们废弃了五官,我们说词不达意的废话。

我们缺乏一个标准,哪怕只是一个坏标准。

我们弱小,别欺负我们,我们还不如一群蚂蚁。蚂蚁没脑子,可是蚂蚁爱生活。我们没力气,骨头是软的,我们习惯睡觉,一直昏睡下去。我们一片空白,空的,完整的空。空让我们怕,怕到极致,怕就成为了一个抽象。怕是意识形态,怕让怕更虚弱,怕让怕更怕。

我们饿。我们寻找粮食,只有粮食能让我们安静下来。我们出门去,我们去交易,我们进行赎买和偷窃,我们公然抢劫,我们集体失窃。别指责我们,请不要指责我们,因为我们有了粮食才能安心。我们只怕断水断粮。

我们贪图安乐,热爱厚实的棉被,我们躺在床上。我们厌恶交流,我们是单向电源，短路是唯一的使命。交流就会发生危险，我们怕失火。我们和邻居不说话，怕陌生人，交流是有害的。火是丑陋的，火灾让人绝望，这是上天的启示。老天爷给你火，让你暖身子，使你的食物喷香；同样给你火，让你焚烧自己，让你的肉体化为灰烬。

现状来之不易，我们在家中闲逛。家是我们的，我们做主，我们爱这个地方。我们发呆，我们整理床铺，我们洗去身上的血迹。血是心尖的泪，是污染，是肮脏——血总是难以清洗。流泪的爱情、新鲜的茸毛、痴心的歌咏，被我们认为是坏东西——它们不利于蛆虫发育，所以是坏东西。

我们不笑。笑是毒药。笑比哭更可怕，破坏性更大。哭是软弱的，女性化的。笑是鲁莽的，是粗俗的，甚至笑是一种挑衅，是一种鄙视。笑惹祸上身，笑必须被铲除。我们大声宣布，要消灭一切笑。笑充满了邪恶，笑足以毁灭生活。

我们望着我们，每天都提心吊胆。我们是可怜虫，但我们不需要怜悯——我们向来不相信任何性质的怜悯。我们想活得久，活着就是全部，恐惧却一天天加剧，这是我们的问题。我们的安全性还不够，还不够警惕，还是太放松自己了，太麻痹大意了。

我们的世界总有一个地方会出现毛病，总是不安全。我们盼望安全地死去，那样的一生才彻底，才是真的升天而去。

站台挤满了刚下班的群众，大家都急着回家。天擦黑，没有向导。

地图之外

　　灰色的瓦房，烛火，窗花映于脸庞。在河的上游，大雁曾来过，麻雀安生。孩子们玩泥巴，云朵是我的女友，她绽放出笑容。

　　光线穿过了墙壁，向北，伸向了北方。我沏茶，叶脉清香。锄头与铁铲闲置在一旁，天色尚早。我走出蔓延的田埂，去欢迎你。天空渐渐在升高，我的脚步轻盈，过河去等你。我没有什么特别礼物，只想给你一个拥抱和一条回家的路。

　　我的信心满溢，气息匀和。夏季来临了，在夜里传来远处的耳语声。我思念起那口古井，那大水瓮，那院墙下杂乱而生机勃勃的花草。我嗅出时间的气味，嗅出青草与贴身内衣的气味，还嗅出了公共浴室里雾气的气味。我幻想自己站立在风中，我的头发是湿的，身体赤裸。

　　清风吹干了我的头发，仅仅是清风吹过就已经让我醉了。

　　颜色发芽，虫子畅行无阻，四周和平。我与一棵老榕树握手，度过了又一个季节，窗帘上绣着盛开的花。我用脚趾头思考，外星的飞船就停在最近的村口。我不巴望什么，不见得非要去认识外星的朋友——我只是好奇着什么。

钟声敲响,我听到脚步声和洗漱的声响。我想为明天装饰些什么,我想在锁链上打个漂亮的蝴蝶结,我想往枪管里插朵红色的玫瑰花。一缕青烟消散,当我听到了呼哨,似乎看到自己正在一个人的码头,那条小船搁浅了。安静的午后,山泉流淌,几只鸟儿飞过。歌声从山的那边传来,飘荡在空气中。我向空中抓了一把氧气,吹去其中的沙粒。水向着东流,有的人家已开始做饭,蓝衣妇女洗好了一大盆衣物,男人们在不远处丈量着几亩土地。我盼望着一场大雨。

我的双手交叉,默念古代的诗句。气候不凉不热,日子过下去。清谈声爽朗悠远,一杯酒映照千古英雄。我拒绝所有的邀请,坐在树荫下,浮光依然,波纹华丽,猫从门缝中钻入,我欠了欠身子。瓜藤弥漫,我有一把大蒲扇。家乡的故事正在流传,我脸热心酣,门背后是一把新买的扫帚。我放弃了重压,我的额头明亮,我的心若是水该有多好。梦竟是现实,我游走于小街小巷,人情风景,理当是家常便饭,围桌夜谈。熄灯后,鼾声四起。我眼前的画面,油彩未干。我抓住了流年的尾巴,似空亦实。

整个人飘浮,我悠悠而过。我可以这样轻,人性灵动,仿佛清音一般。界限不是被破,而是开化,泅在四方。我置之度外,我仰头高歌,也大口地饮酒。我理清时节的变化,顺应天时。我的感知精确,细心琢磨每一毫和每一秒。人生的馈赠已然慷慨,我大方接纳。留恋之间,我有我的心服口服。我的美人藏于镜内,等我掀起那红盖头。气韵流转,我接应万物。世间热闹,我为的是应许这份热闹和热爱。

血脉连成一片,出落一派大方。插羽翼,天高,我极目远望,飞过重重阻碍。我的胸襟大敞,堂皇明亮。日出前,我放下了往事中的我,伴随红日初升,我将是另一个男人。而我的女孩都已经长大了,她们结伴笑着,羞涩着。我默念她们的名字,每年春天我都会守在花朵旁,想象着我的女孩们。

  我必须配得上我的生活。最好我住在一个果核里,这个美丽的果核位于世界的中心,你在世界地图上却找不到它。

  说真的,你也找不到我。

精子快车

　　一旦开动,就一直追忆,追忆,再追忆。

　　眼睛骗你,霓虹灯骗你。广告告诉广大的人,告诉每一个你——它图谋你。

　　城市加快速度。吃饭要快,叫快餐。完成图表要快,赶在第一时间完成,抓机会,抓不是机会的机会。走路要快,跑步要快,开车要快,堵车后的疏通要快。爱情要快,爱要快,不爱也要快——不爱,就快速地溜走。表演要快,永远在赶下一个场子。上升要快,冒头要快。坠落要快,快快触底。

　　指认一个嫌疑犯要快——追忆,追忆要快。

　　躁动不是激动,躁动是时代的血。英雄老得驼了背,武器生锈,时间却不能随便打发他。我寻找逝去的孤魂,打开招魂幡,用人间所有的色彩来布满它,吸引那些远去的灵魂。人世离奇,不同的板块彼此震荡,衍生出故事。悲喜被拉长,随便一个庸人就能拥有一座记忆的宝库。

蝴蝶飞跃于草茎，月亮美丽，夜晚平静。以前做过的蠢事不免令现在的你感到羞愧。以为能忘记的事情却更记得牢靠。仿佛等到人老了，眼花了，才看得到眼前景物的原形。

　　种子虽腐烂，并不死，仍长出了幼苗。迷雾与清亮是个人观照，血腥味散不开，和平就艰难。过去，女孩把爱藏起来，在常青藤下独自端坐。男子则潇洒，走路也贵气。青春有着光华，亦有朴素与坦白，可是青春短促，不如意就走了。湖边的青草，年年疯长，大树还在原地等待。

　　回忆引来陈旧的过去，人事交织情意，人有志，就是走到天涯也能遇见知心人。只觉人生嘹亮，天高地远，山上还长满了东晋时的竹子。追忆要诚实，比如天上不可能下刀子，但天上真的下过一些美味的糖浆。

　　真理使人得救，祈祷定将应验，天使生在好人家。原来梦到了什么，什么就能出现。世界有一刻是甜味的，或者推开门出去走走，没想到就撞见了你的贵人。

　　凡事皆呼应内心，是自由的潮水，把往事送走。时光温暖人心，日程表上有一段未来的阴郁日子——天空预备在这段日子就洒下糖浆。

　　我记得那个悠长的冬日，在寒冷的午后，路面结冰，树木肃立。我记得春季运动会，万物向阳，小虫子都爬了出来，风挑逗我们，风给我们颜色，我们感到了快乐又感到一些不安。我记得在夏天，夜晚迟迟不来，汗水淋漓。我记得秋天，记得消沉的太阳，记得叶子枯黄和一个流泪的姑娘。

　　我掩埋不愿提及的记忆。巷口的那一声叹息，那跳窜而去的黑猫，那一整年的委屈。过去的眼神迷茫，分不开阴天和晴天。时光涌动，天真的眼睛开始衰老。迟钝已经来临，事物忽然都显得有些笨重了。

污点在回忆中，在过去，在我的肩头。人间诡异，布满了瑕疵，让回忆失色。我们只要存在着，就难免唱得荒腔走板。我们回顾，后果容不得抵赖，已发生的事情，铁证如山——自己当时就在场，是当事人，是主人翁，是操刀手，是黑脸判官。大道与陷阱，纠缠交错着，是非模糊。

　　听命于现在，不如找到过去，找到被遗漏的黄金。一定有什么在指引着，好奇心驱使人们去寻找，去寻找童年，找到那个久远的人世。我搜索曾经的秘密，但发生的事情已不可改变，果实已然结果。

　　抛开官能的叙述，归于理智。疯狂，让人们迷失了方向。一直在追忆，保持着清醒，让事物怎么发生就怎么结束吧。我保存仅有的力气，梳理记忆的羽毛：历史就是追忆，恐龙就是追忆，我们就是追忆。追忆养活了我们。

　　追忆需要速度，需要不断地提醒，问题在于，我们追赶的是中心还是边缘？新生即过往，我想回到根源去看一看——我像蓄满亿万精子的一列快车，开往一个孤独的卵子。

人间春药

爱是法身，一路生发下去。新买的裙子试了又试，照照镜子，配上鲜艳的口红。笑是美好（猪肉涨价）的语言，低头思量也是，害羞也是。美不必镶边框，美是自由的精灵，要让她动起来，让她忘乎所以。守住这一刻吧，这美妙的时刻。

周围是天真的脸，点头的时候，天地就静了下来——摇头就不行。透过玻璃窗，可以看到寂寞的街道，广告牌上的模特诱惑着一个城市。小饭馆在街边，三三两两的人进，人出。下着雨，我看着窗外，这雨水让世界显得空旷。我想起温柔的沙漠、老森林和故乡的湖泊，还有（并购）几只鸟与昆虫，我免不了胡思乱想。

我的鼻子碰住了玻璃，凉凉的。没有人声，只有雨声，声音轻柔弥漫，与耳朵无关。

美是诚实的，那些雪白的布匹是诚实的，而针尖扮演的是谎言。爱让世界充溢着乐趣，故事大同小异，凡俗是一个大布袋。人生没有完整的答案，心是一根弦，弹奏经久的乐声。和风与云、太阳的光、星星的脸，都恰好开始和结束于这一刻。

在山谷的后面，在林中，在后院，如果可能的话，我愿意与一朵野花（套现）建立伟大的友谊。

离开家，孩子们走了很远，翻山，蹚水。孩子们还小——从孩子们开始，我们的答案就千奇百怪。记忆漫长，沉浸其中，世界的假象交杂于青春的行板，音律自然生发，我听得入迷。清晨的大地上，泥土的气味弥漫四周，我贪婪地呼吸，这个早晨属于还家的孩子们。爱让孩子们还家，让冬天开出夏天的花，让蜻蜓在茎叶上与美丽的虫子相见——爱让孩子们回来了。

光明扫过寂寞的城市，快乐让行人挺直了腰杆。几乎是一种静默，四周的一切配合着心跳，慢慢地，活出各自的味道。我需要一些克制，我的爱还很胆小，还是一盏小灯。灯亮着，灯从未熄灭，灯似乎团缩起来。这微小的亮，这若有若无的温暖，一直燃烧着，让（彩票）我变得温柔，变得小心，变得不可擅作主张。我变小了，变成很小的一点，小到无法大声说话，小到我只能和你说一些悄悄话。

当灵魂被安放妥当，心就踏实了，世事仿佛被挡（矿难）在了纱帘外面。去天涯的路一定很远，追寻是一件苦差事。我钻入荒唐的梦境，在院落里深埋宝物，把爱埋进去，把欢笑埋进去，埋进去我的回忆，埋进去甜蜜的部分，埋进去钥匙，埋进去亲吻。我把土填好，不让隔壁的王二发现。我小心地做着这一切，我的微笑保持不变，我的爱是定律——我的隐私、我的沉静、我的爱是人间的自己。

天暖了。我的日子在身上悬挂着，我打量世界。我自足地笑，没什么欲求，照耀我的太阳，也照耀着众人。我把概念锁入保险柜里，我从不携带哲学书去旅行，我不管当下的前方与后路。旧时的嘱托隐隐飘来，老宅里有烟雾升腾，我似乎看见了死去的一切。我听到未来的喧哗，人很多，车也多，满大街（上市）都是迷路的小孩子。我不能左右，我只在当下，前与后同样被禁行。

我面向天空，面向流沙一般的时间。我不迷信语言，我的爱一直延续着童年的想象。我在梦中跳舞，与美妙的人恋爱，风筝脱开了绳索，飞到了天上。我不能隐瞒快乐，我的爱（房价）暴露在外面，我吹着口哨逛街。我按照原来的样子塑造着我自己，我的梦即是障碍，又是路标。我只相信"快乐沙文主义"，但词典里还没有收录这个词。

秘密是我们的秘密，人们守护着自己，难过也要过。我感受大众的怅然，期待每一次的变化，我不丑化身边的小人物，也不美化他们。送葬的时候，我的手中有花。天空不厌其烦地陪伴着我们。

我把自己寄向了远方，渴望（三聚氰胺）到达。佛生莲花，静自净，南下北上，多云散去。我爱生活，爱清晰的生活。一朝一世，人们出门去了，自己了然自己。

我被自由还魂，天大地大，我分（CPI）身无术，我已经被自己的爱、怜悯、形而上、无边的愿望、水晶体、万花筒淹没了。

通体雪白

抹去痕迹,清清白白。鲜花是多余,音乐是搅扰,请不要漫天飞舞。

任苍茫作底色。缓缓地,在浑浊处写下通体机缘,写下了雪白精神。有一本书,要足够大,那样才能将这些文字放得下。

真正看到的是一双眼睛,只是眼睛。大脑看不见。大脑是思维的奴隶,思维是指挥棒,众相交杂。大脑是产生疑问的地方,眼睛没有疑问,只有景象。这景象是我在景象的尽头所看到的。

你在东方,我在西方。我要你爱我时,也能明白爱会带来一些恨。人们向前走,做决定,被完结。在阳光的背面,请你将温暖和冷酷一并带给我。

智是躲避,智避开不智的答案。智是智障,是另一种愚。水顺流而下,花顺时而开,天下万物,各有物象。物象为物象,有虚幻,有实有,更有变化。物是命名,物是名。物象是世界,是物的变化机缘。黄金是铁的兄弟;绸缎御寒,与粗布同理;豪宅内寂寞寥落,如棚屋遮身;美女无良,岂止是一副臭皮囊?高堂冷僻,人心各异。本来情怀两相知，难料到不过是死水沉沉，妄难出气。世事如天镜昭然，亮堂堂却不言。

绿色的草地，闲散时光，女孩的衣裳真是漂亮。男人追着世界的尾巴。老人老了，孩子是孩子，孩子是自我的孩子。

色交织，常变换。色变，色不依一时之势。时时不同，幻也是变。色总不同，人是色的一种，但不是色的裁判。绿色浓烈，却刺眼；红不安；黄让人心悸；黑是地狱的颜色；蓝太冷静，缺乏热情；紫故弄玄虚；橙很孩子气；但你完全信任白色。

快和慢，博弈。相互矛盾的正是一家，手牵手的却离心反目。说再多的话，听众还是那么多。嘴巴太多，耳朵太少。如果嘴巴少了，行动就快。如果耳朵多了，分化就多。可是有些人已经病了，他们不仅耳朵和嘴巴都不灵了，而且肠胃痉挛、心脏腐败、肝硬化、脾裂、肺结核、肛门红肿，但他们依然不舍得离去。

总有人看清这一切，有人哭，有人笑，有人生于水深火热，有人死无葬身之地。

冰雪衣钵

爱似乎是个小孩子，宗教是老族长。爱是母性，宗教是父性。下大雪，天冷，茅屋破，寒风吹，火炉就要熄灭了，人就要被冻死，你不远万里送来了碳，送来这些火热的黑家伙。"雪中送炭"是一个中国成语，这里面有急迫、饥寒和友爱。

人永远在找食物，有的人吃不饱，有的人饿不死。前途不明，人们近视，人们的肉眼看不清五千公里外一只飞行的蝴蝶，没办法，人们就是近视。爱的距离最近，爱触发眼泪，爱让人欢笑，爱诱使人们思考。爱是一场仪式，最近处的化开的仪式。

爱直达性命。人们没有退路，向前走，推动祖先的力量也推动着现在的人们——爱，不可选择。路从来就不好走，行路难，天知道。

爱让人们心甘情愿，爱让人们牺牲，爱让死亡像一首温柔的诗。爱多变，爱难免脆弱，爱稍纵即逝。有时，爱与流光一起消退，爱容易短命。阳光下，台面上尽是反语，习惯谎言的人也习惯于躲在幕后。但人们指望着爱，爱是最好的现实主义。

我爱这世界，爱人们。我的爱是小心的爱，不曾声张。我的爱情羞涩，我不害怕爱，却有些害怕说出爱。爱有时像一个怪物，但爱不是荒谬的爱，爱情不是荒谬的爱情。

世界爱那些思考的孩子，爱忧郁的孩子，爱哭泣的孩子，爱胡闹的孩子。爱是鲜花，也是芒刺。爱让人们沉醉，爱使人们受重伤。有时候，爱只是躲了起来。有时候，爱的面目不清，让人们耗尽心力。有时候，爱居然被认为不智。有时候，爱变得奢侈，带有一种人性中的毒瘾——爱使人们犯罪。爱从来没有像现在这么难、这么苦、这么危险过。

烟尘与沙粒遍布天空，好些天不见太阳了，大地阴沉。

我相信爱，暗暗为自己鼓劲。爱传下去，每个天使原来都是一个好战士。

声东击西

　　修炼。和平,钟表匠。你是一等一的好心人。饺子。胡同里的民间艺人,搪瓷缸。我的邻居叫赵刚。五一路小学,鬼故事,一口井。
　　谁是英雄?谁好汉?盖房子娶媳妇,春天来了,猪肉一斤卖十三元人民币。洗澡堂子,南华门,东华门。回忆,工具,妄想,痴念。小乖乖,宝贝。无赖,骗色夺财。诗歌,厨房,菜刀,案板,贝多芬。如果初恋是美好的。公鸡打鸣,松花蛋。你往下看,静止。问题少年,水晶宫殿。我呼应你的身体,斑马线,鸡同鸭讲。师傅,请受孩儿一拜。淡淡的香,船,笛声,垃圾场。桥洞,北欧音乐,妈妈训斥女儿。泼妇。韩剧。爱人的眼泪。思念。我学唱京剧。破产,重工业基地。王朝世家楼盘。手机,红包,被戳破的脊梁骨。下水道里的爱情。月光,塞外,商业街。
　　浪子回头金不换。歌舞升平,敌敌畏。尼金斯基。天地玄黄,乱七八糟。秋天的阳光下。经济建设,贱卖。呆相。别在意旁人的目光,工地,黄昏时的小饭馆。欠薪。劣胜优汰,你的脸。青春。锅炉房的草，跳动的心。山区。典当，用心良苦的妈妈。你问我现在几点？我说：饭已做好，在国产冰箱里。

脚下的路，华灯初上。人民，我渴望迎接一个快乐的马戏团。审判。攻山头，地缘，以命抵命。快，火车晚点了，快啊。踏着夜色，虚伪的脸。我讲不出话，你飞黄腾达。

公平。猜谜语，精致的咖啡屋，乞丐。黑衣人，豪华大厦。咿咿呀呀，瞌睡打盹。监视，阴雨天。浑浑噩噩的老年人。世界。课桌，混进赌场。当云朵飘动，老虎狮子，你的青丝几许。许愿，破碎，七七八八。远方的山，落花。我在最后一秒离开，离开。擦皮鞋，抹口红。方圆百里，寂静无声。雪，冰激凌，作业，自杀者。我等你。廉价日历。丧钟。割韭菜。高级。滚烫的开水，火焰。冰上舞蹈，走钢丝，小丑。交易，糖，变本加厉。

呼呼，甜美的喉咙，断肠刀。红娘，高速公路，以身相许。姐妹们抱头痛哭，夜晚比白天还明亮。年代，夕阳，糊涂虫。心力，失败者的额头。魔鬼附身。我的吻。没钱买米。日行一善。我与你来到了海边。

地板光滑，姥姥在家。爱崩溃。建造全世界最美的花园，随地大小便。我嘲笑，无缘无故赞美，轻飘飘。诺言，旅行。中草药，无以为报。孤身一人，烟灰缸，主旋律，小鬼。独白，傻子，怀疑。喝酒喝酒，九九归一。

合拢，睡大觉，离谱的逻辑。坏。处女，明媚的早晨，亏心事。众人，躲避。敢爱敢恨，一江春水向东流。听，胶水，微弱的声音。阴暗，对立，编造。在港口停靠。市场，摆脱自己的生活。引力，微小的水滴。青冢，情种。

没有，接受，不，绝不。收拾弱小，田野里的昆虫，孩子。我爱疯婆子。洞房年久失修，来来来，去去去。道德经，安全感。撒手不管。我睁着眼看不见，邂逅，无关痛痒，人进不去也出不来。舆论。一而再，再而三。天空，野兔，关闭的大门。左边还是右边？纸里包不住火，寒窑。

理想，为非作歹。炸酱面。会议，扫黄，安全检查。重要的是保守秘密。太平，将心比心。风水轮流转，转不转，蒙太奇。鸣叫，当头一棒。为谁辛苦为谁忙。加急，可怜父母心。抵抗。方言。文稿，尽头，午夜，吃重的重量。得过且过，全年无休，淌一把热泪。世界绕个弯子，一边去。幼儿园。棉花糖，吻你。喇嘛。刀。反对，弥合，清洗，再次相聚。假新闻，你对一只狗发生了兴趣。下雨，眼睛。高科技。人，动物，杂交水稻。方块汉字，水袖，中国女孩。发育不良，远路，乌龟，不长毛的鹦鹉。四方，八开，十六道。请你带我一起走。灾祸，乐极生悲。高原，流水，栅栏。填图游戏。便秘。日头。保持警惕。沉默，无理，往日。写就的书。服务，营生。嗡嗡，嗡嗡，嗡嗡声。

潮流，苦命人的命，叫卖。文字，入学，升官发财，黑压压的人群。一夜情。农场，陈迹，肉芽。苦恼的笑。日记，玫瑰。工人师傅。烟酒。奢靡。你休想得逞。棋局，这样不行，那样也不对。鱼在水中游，低头疾行的青年。嬉戏。

东与西。我感到了饥饿。今晚谁请我吃一顿晚餐？

世险人安

他说：哥们儿，别出门了，三更半夜的，又是七月十五。

我说：我不怕走夜路，不躲避鬼神。

蜘蛛在危险处结网。我的青草在海里。街灯璀璨，我的灯在灯芯里，人性显现。

朋友们再见。我借助工具并制造工具，我放任，但我没办法保持冷静。天朝向何方，何方就打雷下雨，日后风和日丽。

我不驾驶战斗机，我不是飞行员，也不系安全带。我在地表下，怀揣温度计——温度计是坏的，它从来就没有好过。事实有黑白两面，我在外面，所有人在里面。我比画未来，过去的已过去，未来的还未来。怀疑产生了我，索性我的爱就先从怀疑开始。

西伯利亚的寒风吹到了山西，山西那么多山，却挡不住北方的寒流。世界不是用来养老的，是拼出来的，是抢出来的。但我不拼，也不喜欢抢。

我在暗道的进口悬挂禁止通行的标牌，然后我进去。我做好事，这是没有办法的好事。早晨的风送来雨的消息,我收听到一个风雨的秘密,并立即将这个秘密牢记心底。

人心都是肉长的,或者天无绝人之路。

午时唱早

每一个早晨,我都想看到你。风是轻的,吹动你的衣裙。

冬天飘雪,严寒是亲切的笑容,我们走在大路上,一点都不怕冷。我们的热情感染了冬眠的虫子,也感染了春天。

安身的街巷不是唐时的扬州风景,而是二十一世纪——可我还是一个粗鲁的书生,你在家忙里忙外,你有温柔的锅碗瓢盆,你有多情的柴米油盐,你有我没有的那种有趣。

写下的文字,最易腐败。埋在心里的话,金刚不坏。世事纠葛,生活吊着空欢喜的标签。在上面挺立的偶像,不过是泥胎。我不理会虚无和黑暗,我转过脸去。

我喜欢的是瓦房里的浪漫,是崖洞上的耳语,是危局下的团圆。我怀念我和你的过去,时间不是流走的水,时间是我和你的表情。

我梦见我们向南走,走到头就是南天门;我们向西走,西方就是小西天;我们向北走,就来到了北海道。如果我们站在原地不动,原地就在好望角,它位于大西洋与印度洋的汇合处,是通往东方的神秘航道，葡萄牙航海家迪亚士称它为风暴角——我们从此开航，远赴东方，去那太阳升起的地方。

我在下午时分梦醒了，这时的中国人最懒惰，人们喝茶、呆坐、闲话，打发着时间。我仍然躺在床上，你在我的耳边轻轻地说：亲爱的，现在已经是下午了，可是我想对你说一声早安，我的爱。

甜美砒霜

《本草纲目》载:"砒,性猛如貔,故名。唯出信州,故人呼为信石。砒乃大热大毒之药,而砒霜之毒尤烈。"砒霜是古老的毒药之一,现今,砒霜制剂(三氧化二砷)竟能引导癌细胞死亡,从而使患者获救。砒霜之毒,俨然变成了济世良药。

一路走来,走得急,心慌。走是一种姿态,是表达,是过去与现在的联姻,像蝴蝶与蜻蜓交配,像闪电和雨水相交的一瞬。走,向前走去,世界多言,社会多语,危险始终存在。如果安稳是一种危险,那么走就是一种冒险。

沙滩,海浪,光着脚,挽着手,你沉静地望向大海,我低头抽半支香烟。世界没有和谁过不去,是我们搞垮了原本的生活。砸了,全砸了。背景不是在歌唱,而是在苟延残喘。

群众在晚上乘凉,我在远处观察着他们,日子平静,在平静的后面是不规则的律动和没来由的颤抖。我的想象力已枯竭,我落后于这个时代,我的抒情无用。

人们来来去去，辨认自己的兄弟姐妹，发现爱与荒诞。纯真和冷酷，由爱变幻着。献给爱人的一束玫瑰，最后变成扎进胸膛里的一把匕首。读一本爱情小说，小说在欺骗你，作者是可怜虫。对灵魂的一次次鞭打，胜过温暖的一次次独白。挽紧了爱情的手臂，出卖爱情的却是爱情本身。幻想转换现实，多云，天不下雨，天气大热。人们焦急着，远方的田园已很少绿色，猥琐的虫子正再一次搬家。

贪吃的本性不改，嘴巴在癌变。毒瘤被切割，离开肉体的时候，它发出了香气。病人在病房里，群众排着长队在挂号，太平间的尸体成灾。还有下一站吗？下一站在天台，你只要向下一跳，你就占有了制空权。

在法国的阿尔，在东京银座，在纽约的第五大道，在英国的海德公园，在捷克的布拉格广场，在爱琴海，在日月潭——那些最富有的人可以买下一座岛屿，也可以相互比赛谁最擅长于讨价还价。

生死模糊不清，腐朽清晰可辨。一切都是速度的奴隶，快，快，快到我们停不下来。

地球很刺激，太阳很毒。你赶路累了，我请你喝一碗放了砒霜的水，你是将这只碗摔在地上还是一饮而尽？

这是一个谜。

生生日怪

　　年头至年尾，每一年计年息，设定年限。挥霍时间，把年岁叠加，就这样年深日久，终于有一天，我们被逐一年审。年轻与年迈，都生活在当下，各人有各人的年谱。活人的年龄时时变化，年轮是大局，大局稳定人心。人靠年历认知时间，排成世界历史年表，万物的年齿渐长。这是自己的年代，我们是见证人，年根不是最后的终点。年华尽度，无中生有，每一年都要过下去。也许遇着荒年，撞见那苦难的年月，就要过不去年关；也许在不经意间，就活出了一整年的春天。中国人过得最重大的节日，是年。

　　人生起岸，一发不可收拾。起步就有起步价，起场就意味着开始，开始就意味着难回头了。命运起伏，人跟着来去，与世界起哄。起初，玫瑰色统治一切，孩子想在飞机场起飞。体重增加，暗流涌现，满脑肥肠。起降与起落，经受着死亡的考验。人渐渐变得现实，夜里不再突然起身，不去望向星空，不相信童话，也听不进亲人的解释。原来的起誓令你讪笑，你愚蠢过、爱过，起因却再也找不到了。爱情不能起死回生，静静地，你为一个老情人起灵。不谈结果，因为在起跑线上已不公平。你不是起头的，你也不是最后一个离开的，你感到了孤独。你问：有没有一把人生的起子，像开啤酒瓶一样简单？

人潮来往，我们都有第一人称。我们看到的事物已经变形，因为该事物已经被人格化。人丁与人犯交杂，在精英的领地，精英们奢谈人道主义。我们有足够的智慧，因为我们有人工智能，可以人工降雨、人工呼吸、人工流产、人工授精。人寰中，人迹延伸到了外星。在人世间，我们享受人身自由，却惹来人身事故。人心度量中，出现了人妖与人渣，还有那些苍白的人影。人有伟力，人造个不停：人造土，人造革、人造纤维、人造石油、人造卫星、人造行星。人人是人证，人进化为人尖子，继而成为了人精——继而人不是人。

深更半夜，深呼吸。深奥与浅显共生——聪明人深谙此道。深藏若虚，这是一片深海，需要一个人的深入。魔障横亘在人的眼前，人深思，妄图深究，却没有人真的在乎。周边的力量依然强大，新生儿生在冬天，冬天过去了，接下来还是冬天。深邃的天空，空落落，失去了边际。流泪时，人暂时不去深谋，脆弱的人保存一点良知。历史并不安分，被禁锢。请小心，海深到一定程度，就埋伏着一些深海炸弹。

你提醒我别过火，我不听。当反对开始的时候，我的声音不仅没有被压制住，反而提高了调门。命运提供多种样板，一人想有一个专属的样板，但没有提货单。生命不可预支，生命只在某些时刻允许你等待。当习惯于混乱，思想就难以理喻，理想失去了提纯的可能。把思想摊开，抽取激动人心的那一部分，用那一部分鼓动自己。心静不下，别把时光浪费在提纲上——先干起来再说。

追究里，人却站在外。里面走不通，改走外道。外表、外埠、外部、外层、外场、外地、外藩、外界、外延——与外宾打交道。人们的反应是公开的，受内伤，但外出血。在外面晃荡，想进入，却没有入场券,被视为外人。外是巨大的屏障,挡住了时运。外来的身份不明,认同极其艰难。里面望着外面,外面不露声色。里外有别,内线与外线泾渭分明,限制级。外面的人不缺苦恼,他们并无外心。不到最后一步,外人绝不妥协和放弃。外快难以腐蚀外来者,因为他们要得更多。

好似不相干,实际本是一体。相持的,平衡于相称,并相处下去——相等。相对的,大抵相当,相对论。相反的,是相对数。相辅而行,因为相辅相成。化解对立,抬出了相对真理,人皆释然。相隔与相间变得很相关,很相顾,最后很相交。相左的也保不准相投,然后相依。人与人趋同,相映成趣,也相形见绌。不同并一同,一同生歧义,相生相克,相濡以沫。人世分离,相对丛生,唯相提并论,才能相与、相应、相安。

如果有个一差二错,也不必计较。人们一本正经地幻想一本万利,期望老天爷助自己一臂之力。如果必须经历苦难,那就一笔带过。一波三折之后,不再期望一步登天。失意的人一筹莫展,豪情一落千丈,变成了一溜烟。希望只有一线,还没有死绝。既然存于人世,就要经得起折腾。不论一叶障目还是一叶蔽目,终有明白的时候。一霎,难题变易解,平顺换坎坷。生活并非一是一、二是二,经常一头雾水、一团漆黑、一塌糊涂,即使如此,却不能将未来一棍子打死。你一片冰心,他是一锅粥。原来一诺千金,现在一推六二五。前面一帆风顺,后面一触即溃。左边一锤定音,右边一锤子的买卖。命,彼时一落千丈,此时一飞冲天。

人都爱自由。名字是自称,由此见识了人世。人有一块自留地,放牧理想,却自顾不暇。难以割裂过去,自己并非自我。自主是为了自转,是为了实现自由落体。人渴望解放,渴望坦然自若,可是世界发布法则,讲规律,定限制。自由港其实不自由,自然选择其实没有选择，自我批评其实拒不批评，自选动作其实是规定动作。需要一次自新，需要一次自省，哪怕自作自受。自我自净，方可自命。

偶像被推倒了，青年就再建一个。生命充满偶然，偶然来临，偶然离去，偶然为敌，偶然交友，偶然生，偶然死。计划无力，结局偶发；偶发善念、偶发恶意、偶发仁爱、偶发败坏，偶尔发作，即成铁案。现象间偶合偶遇，令人不解。拉拉杂杂、丝丝扣扣、零零碎碎、点点滴滴，偶尔酿成大局。

难保不破灭。面对破败，破产的人无话可说，破相，破落。碗是破的，那就破罐子破摔吧。幻想破镜重圆，期望破旧立新，愿意破釜沉舟，最后导致破口大骂。一堆破烂，人事破裂，只有破格才有希望，那就先从破自己开始做起。激流中可破浪，可破除魔障。冤情重，可破获。压制多，可破戒。大秘密，可破解。保不准自己一生将尽还是个破落户，也说不定破天荒能独辟蹊径。

天明明，地暗暗。暗处有暗道，暗地有暗堡，暗房内说暗号，继续暗害，暗箭齐飞。光明永在，只是恶流汹涌。心必高远，才能识别暗器，越过暗礁。摆在桌面的文章不是全部，还有那桌子下暗自横生的也是文章。明面的也许是谎言，暗室里可能找得到真理。名头在外面照耀，外面的不值钱，暗匣内才有传世之宝。知己之间使用暗语，听彼此的心跳。

万物唯变，变生，变相。忽然就变脸，带动着变局，大势变动，牵连着变革，连同变法，变本加厉。成文的不是定调，随时都会发生变故，形成变更。落定的不停变化，信任的人转瞬就变节，全然变卦，变幻莫测。纯色的，原色变异。纯种的，普遍变种。协奏的，开始变奏。现在是晴天，过一会儿就变了天，乌云来了，天打雷了。台前变戏法，方正的研究变形的，一样的改成两样的，两样的改成三样的——不知到底要变成个什么样。爱升格为变现游戏，值了几个臭钱。常数生变数，恒量产变量。变色龙戴着变色眼镜，观赏着身边的变态反应。人事变。

指标超标，超出了范围，此超标不是超拔，而是超常。等级之外是超级，即超过前面的共识。不论拥有多少额度，总之是不够，总之要超额。死去的人通过超度，而快速脱离。人群中被认出的人，是超群之人。一流高手不算高，还有超一流高手，超一流高手不算高，还有超能力。价值被反复评估，只有超值才是最终的价值。标准变得可疑，大家都在赶超着什么。超音速太慢，要超光速，要超自然——矮小的超人们，赶快行动起来吧！

打落水狗就要痛打，直到打死它。站得要稳，不能打摆子。空口无凭，那就打一张白条子，了事。把对立面打上叉子，打上一个鲜艳的红叉子，使其永世不得翻身。打草是为了惊蛇，惊蛇后捉住蛇，捉住蛇后弄死蛇，弄死蛇后吃蛇肉、品蛇胆、喝蛇血。从不去竞标，而是来打赌，博彩头。遇到麻烦，打哈哈，打盹儿。需要认真的时候，就偏打马虎眼。需要勇敢的时候，就打寒战。平地里走路，经常脚底打滑。一对一较量，就使用诡计，打一发冷枪。打头的人被打手打，落后的人被打手打，反正是打，打打打，乱打一气，打完后打扫战场——战场是一首打油诗。

恶浪袭来，黑压压一片。恶因种恶果，从来如此。发出恶臭，得到恶报。一经恶变，就是恶补。环境是恶意的，天呈异象。正剧、悲剧、喜剧、滑稽剧、偶像剧的结局都是恶作剧。高洁的话语竟然说出了反义，知心话却是恶语相加。恶少成为了恶人，恶人成为了恶棍。恶鬼晋生为恶霸，恶霸升级为恶煞，恶煞变恶魔。恶疾渐渐恶化，恶毒扩散，恶性循环，恶贯满盈。瘤子长出来了，被确诊是恶性肿瘤，恶狠狠的。

统统发起来了，发了一个美妙的发达梦。发出邀请、发布数据、发展下线、发表垃圾、发动攻势、发放诱饵，发起来了！发不到位，就发烧、发牢骚、发酒疯、发狠。人们不是发困，就是发狂。喜事要发丧才有趣，丧事要庆贺才对头，都是反着来。发霉的上面发了白毛，白毛的上面发了蔫，陈旧发陈腐。发神经倒也罢了，却是发飘、发昏、发呆、发傻。

高压线危险。高傲的，骨头低贱；高产的，产出废物；高层的，远离大地；高昂的，疲软拖沓；高等的，玩弄等级；高潮的，模仿叫春；高调的，低声诅咒；高大的，鼠目寸光；高举的，不知何物；高就的，岌岌可危；高级的，没有营养；高端的，端口向下；高亢的，低头呻吟；高估的，再次加冕；高峻的，四面深渊；高迈的，迈不开步；高妙的，乏味愚钝；高效的，自我消解；高深的，俗艳浅薄；高强的，不堪一击；高频的，频频出丑。高不成，低不就。

寒气逼人，寒蝉，寒潮翻涌。寒窗下，人独立。南寒带与北寒带一样寒冷，有光，亦是寒光。寒冬腊月，春天还遥遥无期。叶留寒露，花期肃杀。寒风吹过，寒门内，少小离愁，弱不禁风。生命寒峭，寒星点点，只有人心寒意。寒酸的寒士吃寒食，在冬天冷得发抖。寒微，一脸寒色。寒气弥漫，买不起棉衣的人在寒室里枯坐。寒心啊。

人如惊弓之鸟，心慌慌。人怕惊动旁人，怕天地，怕正义，怕自己。天上惊雷，地上惊恐，人怕报应。人怕遇鬼，人不敢睁眼。人不宁静，夜晚睡不着。长时间的惊骇，容易惊厥，容易不省人事。人勉强支撑，却万分惊疑。人惊人，人惊吓，熟睡的人又被惊醒。

作苦差，熬生活，尝苦胆，得苦果。苦处说不出，就烂在肚子里。苦命的人一片苦心，里外苦笑。苦役没盼头，苦于受制，苦绵绵无绝期。背向世界，下苦功，练苦胆，苦到头。出不去，闷在里面，苦闷。出去的，苦旅迢迢，心头沉重。苦思冥想，苦于苦衷。吃苦头的人是个苦主。

老巢里藏着个老辈人，此人是个老不正经。老大不小了，就成了老大难。老搭档分道扬镳，散伙了。老战友之间互揭老底，置对方于死地。老夫子念腐朽的经文，正是老调重弹。老牛拉着一辆破车，车上坐着老弱残兵。老好人是一个老油条，腆着一张老脸。老顽固患上了老年性痴呆症，傻了，恼羞成怒了。

门紧闭。门上贴着门神，门神张牙舞爪。没有门匾，没有门牌号码，只是门。门槛高，门框是铁铸的，门楣上悬着一把剑。门口有门岗，戒备森严。进不去门，急得团团转。门上有门楼，挂门镜，门镜是一个照妖镜。门口的人是门外汉，门里面是一个门派，门派的领袖是门阀。门阀的后面还有一道门，那是永远紧闭的一道门。

年与起与人与深与提与外与相与一与自与偶与破与暗与变与超与打与恶与发与高与寒与惊与苦与老与门，言已至此。

背身而泣

山林寂静。城市欢腾。人自欺。天怒。

娱乐很安稳,安稳很堕落。人的目光温柔,人想要一切,人太过贪心。我不知怎么走,迷了路。我决心否定,但我心里想的是肯定。我厌恶否定,但必须在否定后才能接近那个肯定,才能有一条路走。

我读玫瑰花语,琢磨一棵狗尾巴草,和奸商签订卖身契,与牲畜做朋友,给脱衣舞娘讲童话,与白痴玩笑。我发现白痴充满了生存智慧,他是冠军,他是最后的赢家。

我想要更多的火炉,要更多的爱,要更多的庇护。我从不搭理虚无主义,因为虚无虚无。我要爱,要爱上爱,要爱上腐臭与庸俗,要爱上爱的教义派。

我要得多,却懒惰。任何人都可能伤害我。我没有坏习惯,守着规矩,只要我听话和无所事事,我就能得到一些赃物。我常常犯困,缺乏力量,软绵绵的。我不想走远路,我是一摊烂泥。

我的生活是一场失败的表演。演出前,我等待着全部的傻观众。

我是一个正常人，可以做任何正常的事情，我守规矩。规矩是命。我的目光望向远方，却不想望见远方。趁你们不在的时候，我蜷缩着，埋下了头，这时候的我最容易流泪，泪腺很恶毒。

　　天气恶劣，国道封闭。乌鸦鼓噪。人已去。

谣言妄语

搬运工老张有四个孩子，孩子们的名字都是老张起的，分别叫福瑞、福祥、福茂、福贵。

纳，反面，屠戮。懒洋洋的脸，云，黄皮肤，天地鬼神，方言，棉花糖，历史，人事，梦没有头。

庙的旁边，有一颗柳树，一条狗。和尚念经。定住就定住，悟就悟，不悟就不悟。你哎呀了一声，就不定了。他哎呀了哎呀，却是定。

莲花，水，水中的莲花。水。人在被面上绣莲花，绣细腻的水纹。莲花上曾坐过佛祖，穿天针，接地线。莲花还是一朵花，好端端地在水中开放。

事情从一开始就决定了，决定了，就不动摇，铁板一块。巨变也是决定好的。

人间说的不是"人"字，而是"间"字。"间"定准了文明的调子。

放蜂人一路走来，马戏团流落山村，乞丐跑遍了祖国。和尚化缘，离婚的人远离家乡。在最南边出走的人和在最北边回家的人，都不回头。

街头挤满了人，吆喝声压过了汽车喇叭声，喇叭声压过了喘息声。售货员贩卖商品，时代起着劲儿。一个好事者挤进了抢购的人群，又被挤了出来，尽管商品的价格是特价，但他什么也没买。

别与老人谈死亡，应该与孩子谈死亡，这样隔得远，才是一种教育。

卧室的地板刚擦过一遍，窗帘旧了，不想擦玻璃，相机的发票找不到了，书柜的抽屉坏了，家里需要通通风，卫生纸不多了，洗衣粉只能用到周末了，表不准了，身上长出了小疙瘩，电费该交了，妈妈来电话了——这样地活下去。

打开锁，需要自己来打开，源于自己，自己给自己打开，打开自己，把锁打开。我却锁住了一把锁。

巢是退回去的地方。退回到这最后一步，就是巢。

终止的前一刻。前程，也就是到了头。

青年变老了，如同是受了冤枉去顶罪。

禁闭完，就是表演，中间没有过渡。已禁闭完了，现在是表演时间。

乌龟跑得慢，兔子跑得快。赛跑的不止这两个。

天气阴沉，街上的行人稀少。一个大男人捧着一束玫瑰花，匆匆走过。他的面色凝重，满脸胡须。

鹤，仙人，清水，李白，祭祀，族谱，大道，迎娶，儿童，弱竹，蜡梅，上古，闲游，卧牛，黄狗，家猫，小菜，羽翼，农历，收割，喜鹊，红帖，功德，苦茶，淡花，静月，蝴蝶，上善。

重量正在持续增加，如果现在停下来，既不是停在现在的重量上，也不是停下后就会持续减量，而是在停下的瞬间就造成了一种虚空——什么都没有了。

夕阳是老年的，老年，老年，老年，老年，老年，老年，老年，老年——老年斑。我不抗议老年，但抗议老年斑。

两只狗在对峙，牛累了，羊胃痛——鸡在做什么？猪都不去管，只有猪感到幸福，感谢圈。

流年无色

无色，无意，无谓，无理。流年之间，经纬相连。

空旷的走向，人潮拥挤，老少咸宜。不必去增加什么，路标是多余的，路也没有尽头。你好，再见，再见了就再也不见。你是碎的，你又是勇敢的，你极易崩溃。人和人，物与物，色相杂乱，空虚依旧。

进出的人，匆匆来往，大家蜂拥，直向直通。意义用时间度量，抬头骄傲，低头思量。我穿着带补丁的衣服，上路了。光鲜的是一些小姐、太太和肥胖的小老板。

我沉默着，忽然间浑浊暗淡。一个十六岁的少年从我的面前走过，他带来了校园、图书馆、寂寞的操场、郊外的远足、路灯下、课堂、饭厅、天台、公交车的靠背、礼品店、排练室。

向人生取暖，为自己御寒。年代芜杂，流年从鲜艳到无色。我不算糊涂，身份却不明不白。我的对手可能正是我的朋友，堕落也许是升华，药当作糖，爱人可能是撒旦。有人在歌唱，有人在诅咒。在一九八六年或一九八七年的精营东二道街六十号的大院里，一个少年束手无策。这个孩子就是我,现在的我仍是那时的我,我仍然束手无策。

　　终于拆掉了老房子,很多老邻居也相继去世,这个面色苍白的少年,还是身处原地并束手无策地看着我——该死的,他从来都没有扭过头去。

一根羽毛

一只鹤翩然而过，遗落了一根羽毛，这羽毛最终融入泥土与落叶的怀抱。

来到，离去，人的风骨自然显现。近处的世界不免琐碎，护卫灵魂的人成为了人，立在哪里，哪里就有灵光闪现。邪灵在四周，敌人貌似强大，黑夜漫长，月光被遗失。我们都沉默着，沉默是炸药，沉默有力量。爱是纯真，如果天山还没有被全部污染，如果山上还有雪莲花开放——那爱比天山上的雪莲花还要纯洁。胆怯的人不明白，他们不敢爱，在爱的面前他们是侏儒，他们掩藏着内心的虚弱。

内心是小的，偏有翻江倒海的挣扎与纤毫毕现的拷问，这是内里世界，旁人不曾了解。某种意义上，活着是危险的过程，生活不是麻木如朽木就是烈焰在燃烧。艺术与生活相比，总是显得很有道理，而生活是无理的。生有时间，像前世积攒的金子，一点一点地花掉了，最后花光了，看来是逃不掉了，只有把命赔上。古时讲阴阳鬼怪，两个无常带人见阎王，其中一个名"活无常"，另一个叫"死有期"——

活无常是生命变化，死有期是绝对宿命。

天空有云彩飘动，稻花正香，城市是游乐场；或者云彩化为了急雨，镰刀割断了麦穗，城市是竞技场，是泪眼婆娑的爱情站台。入眼尽是大千，身处各有不同，感受大异。真实令人震撼，掩蔽则有时候令人感到安全。迷茫的人在街头、在宿舍的床铺、在喘息的间歇、在等待的桥头、在会议室、在梳妆台、在卫生间、在舞台中央、在停机坪、在篮球场、在监狱，皆不约而同地叹了一口气。叹气不是结语，人还有爱，爱无形，爱无期，爱有德。人在世间，无论在何种重压之下，只要内里总有一股清明之气，人就能撑得住，这就是活着的证据。

落叶的腐坏，未侵蚀羽毛的形态。在夜晚，一根羽毛忽然从地上飞了起来，散发着光辉，飞起来了，飞到了空中，飞越了这片土地。

月亮和星星看见了这根羽毛，人民在今夜睡了一个好觉。

风雨埋香

我投入词语中，变身为分子，再变原子，变中子，再变电子——无限变化下去，无限小下去，也无限大下去。

暮秋，眼前气象更迭，一些难堪旧事，引涕泪横流。"对潇潇暮雨洒江天，一番洗清秋。渐霜风凄紧，关河冷落，残照当楼。"这是柳永写的词，他一生坎坷，混迹于歌楼妓馆。他笔下秋天的冷，冷得磊落光明。据说柳永参加应试，曾有句云"忍把浮名，换了浅斟低唱"，宋仁宗阅后大为不满，批曰："且去浅斟低唱，何要浮名？"此后，柳永愈加灰心，索性与妓女交为知己。柳永死后，无钱下葬，是群妓凑钱安葬了他，这还不止，每年春天，柳永的妓女朋友，都要相拥去祭奠他，称"吊柳七"。人生得一知己，足矣，而像柳永这样竟然结交了一帮义气冲天的妓女朋友，真乃人生大幸。

汉语清脆，千里无尘。多少家国梦，多少儿女情，真是一步一阙，一步一分壮烈，一步一分静美。我喜欢苏轼，他思念弟弟与思念爱人，皆真挚而洒脱。他反对变法时，脾气也倔得很，大概气得胡子乱抖吧。

被贬黄州的时候,他写道:"拣尽寒枝不肯栖,寂寞沙洲冷。"你冷不冷?真正冷的却是历史,王安石是苏轼在政治上的敌人,谁胜谁负又能怎样?王安石还不是最终也被罢了官!沙洲冷啊。

年华虚度,风流事,墙头青青草。日落后,谁与我秉烛夜游?情切切,西楼西下,月里人家。芳尘去,少年远游,遗珠几许。王勃,山西人,活了二十六岁,溺水而亡。他写下"无为在歧路,儿女共沾巾",这个才华逼人的诗人,死在看望父亲的道路上。作为短命的天才,其诗文多有散轶,生命,原比文章更薄,更为寡气。杜甫身处国运飘摇之时,其诗歌已无初唐的新生鲜亮,因那杜甫本是后来人。王勃早死,死在了一个辉煌年代的启幕时分。

云来人去,天下的景致,随心而动。局面似连环,无解。中国古时实行文官政治,而文官多为诗人,如此一来,称诗人政治也无不可。历史上,诗人被贬是家常便饭,脑袋还在就算不错了。黄庭坚有两个朋友,即陈师道和秦观,他写道:"正字不知温饱未?西风吹泪古藤州。"正字即陈师道,温饱难料,而秦观已于前一年客死滕州了。他呢?被贬至偏远的黔州,一路历尽艰辛,在通往黔州的最险恶处,他竟不忘吟诗,云:"鬼门关外莫言远,四海一家皆兄弟。"江山本来就不是诗人的江山,世道不仁,真是不如:"坐对真成被花恼,出门一笑大江横。"出门一笑是他的潇洒之心,话虽是这么说,可是只要朝廷召唤他,他大概还是要再赴宦海,一展报国之志吧。潇洒?难呐!

乱红无数,危栏在。步入迷津,泪落青衫。说相思,理愁绪,常常后会无期。风力浩荡,逢乱世,任家国凋零。李清照不知死于何年,留下了一个问号。时势的力量在于改变命运,南宋的风雨飘摇,让晚年的易安居士颠沛流离,悲从中来,"元宵佳节,融和天气,次第岂无风雨。"对故国的回忆,带来了惆怅与凄楚,叹人间好景不长存。她好写愁,她的怨气发于小我,却是对整个时代的不满,她写愁苦其实是冲着时代发怒。乱世,乱得毫无道理,"三杯两盏淡酒,怎敌他晚来风急!"

兴亡由天,梦里梦外。时光过,留恋桃花颜色。唐寅,这个风流主子,号桃花庵主,一生喜桃花,诗曰:"桃花坞里桃花庵,桃花庵里桃花仙。桃花仙人种桃树,又摘桃花换酒钱。酒醒只在花前坐,酒醉还来花下眠。"他自称"江南第一风流才子",却因科场案入狱。人世凶险,而桃花自顾自开放,将种子种在了唐伯虎的心里。身在桃花丛,秋香在不远处斟酒,唐寅则醉眼蒙眬。唐寅称得起狂放,死前绝笔曰:"一日兼他两日狂,已过三万六千场。他年新识如相问,只当漂流在异乡。"可是桃花只一季的尤物,免不了被风吹雨打,免不了零落成花泥。

壮士何处,天涯漫漫。龚自珍是大文人,起笔就高拔,骨力十足。他的咏史之作写道:"避席畏闻文字狱,著书都为稻粱谋。田横五百人安在,难道归来尽列侯?"田横五百士,俱为大义之人,比起猥琐的稻粱文人,何止天地之隔。这是讨伐之作,说得硬气,读来痛快。龚自珍所处的时代,清朝已呈衰相,一个帝国正走在朝向崩溃的路上。他诗中道:"功高拜将成仙外,才尽回肠荡气中。万一禅关砉然破,美人如玉剑如虹。"但时代的大限将至,一己禅关对于天下而言,大可忽略不计了。一八四一年,他暴卒于丹阳。令我惊奇的是,其后腐朽的清朝仍苟延残喘了七十年,才断然了结。七十年中,一代人生、一代人亡,又辜负了多少历史冤魂。

中国的写意,当今遗魂落魄。当今的七零八落,芜杂热闹。走险路,爱花朵,同样的象形文字,同样丰赡鲜烈,气韵万千。

藏金显贵

内里藏金囤宝，面显清白贵气。

回忆是火，烧着了心，消防局的电话打不通，打通后，却不受理。生活依然向前，产生着回忆，烧火，人流动，木偶与黏土。

背景无音乐，传出嘈杂声，短暂的空白很恐怖。我们选择遗忘，遗忘可能是个好东西。

语言被误解、误用、误伤。交流的方式在改变，形式各异，隔阂从未消除。我看到的世界被蒙上了面纱。人被赋予科技神力，却失去了标靶。人们往往对危险视若无睹，藏起来的竟是毁灭。仿佛生活中一切都是正常的，身前脑后、上天下地、出门闭户、开箱锁柜、吃饭穿衣、惹是生非，这是百姓的空虚的传统。

柔弱的人回避问题，遮蔽着矛盾。苟且是安稳的生活哲学，但矛盾与困窘不断地侵蚀着自己。时间紧迫，人们咬牙受苦，张嘴傻笑。

浮云在天，自流动。尖锐的在最前面，尖尖的，吓人，一种刺出的样子，一种屠戮前的静谧一刻。尖锐的后面是钝，是无动于衷的样子。

高山流水，流水不腐。天下事，大开大阖。天下不知人间事，人间有事人人知。琐碎的、杂乱的、龌龊的、不为人知的、横陈眼前的、决定命脉的人事——人要在人事中挺得住才行。

　　人的灵魂在歌唱。灵魂是金子，金子闪闪发光，能将黑暗照亮。但有时候，这些金子需要先藏起来。

　　那最高级的藏是一种肝胆相照的敬意，非常谦逊。

浊日清霜

我与你不是天生的对手,只是我们走在不同的方向,这不怨你和我,只怨我们各自携带的地图不是同一张地图。

爱在麻痹的边缘轰然退场。在黑夜里,失去爱的人难以入眠,晨曦解决不了失眠的问题。

劳动可能变得肮脏,智慧可能不洁,有的人可能不配享有爱情。

爱有时躲在阴影中,恨有时却在光亮处。爱负荷过去,我循着因果而去。爱是力量,爱的告白让颠倒的世界看上去充满了希望。破碎的铜像等着人们去修复,这个年代让重金属生了锈。爱是改革家,爱是未来的果实,爱在温暖的南方埋下了种子。

价格是爱的死敌。任意的叫卖是可耻的,账本从来就不干净。人们为爱命名的时候,容易蜕变成一种简易的定价仪式。集市是无理的,价格是坏孩子。

爱是历史的一部分,琐碎,不时爆发战争。乌云预告着以后的天气,人们寻找自己的那条渡船。爱给出了一个答案,但要人们自己去找。爱是一个闯入者,爱来得极为大胆。爱是侵略性的。

爱发生在夜里,帘幕低垂。爱把自己投射到围墙下,消逝于盲动。人们背负着爱的重量,栖身于爱的羽翼下。爱给人以温暖,也折磨人。

我拒绝爱的哲学家。人们不要因为爱的教义而变得胆怯,以致不敢去爱。人们不要害怕将爱托付给陌生人,人们不要等到临死前才发现自己的爱原来一直被自己管制着。

黄金万两

角斗场,娱乐圈。我不知自己的来处,也不明去向。不清不楚,我不糊涂,分得清上下。太阳在东边升起,就在西边降落。我是可怜的故乡人。我认老祖宗,认过去的时光,认传奇,认野史。我只是在生活,在过每一个白天和每一个黑夜。我不想说空话,做到的,也不必说出。世界是旧的,活着的人是新的,我的呼吸还新鲜着。命运难解,在于其十分滑稽,一本正经倒也罢了,偏是一个玩笑。怎么解,也像是戏弄。解是贪,我被贪心折磨,在清冷的月光下我仍贪心,心事野蛮,张牙舞爪。我亲近玄奥,天圆地方,史前史后。无数的经书流传,我读不过来,一切都太多了,流传得太快了。人是孤立的,温暖与寒冷都不能改变人的孤立,孤立是一种现象。我有一个渺小、俗气、炊烟般的生活愿望,我想过平直的生活。生活就是生活,不可能押韵,不可能随随便便被谱曲,被万世传唱。无论涂抹多少油彩,我也认得出生活,认得出本来的面目。现在我要躲一阵子,我要离开眼前的焦土,去大自然,与鸟兽为伍。我要得过且过,我要看日头起落,我要养鸡养鸭，养猪养狗。人生总有惊奇，前方与里面暗藏着宝物，我不想就此止步。谜是谜，不是其他；糖是糖，不是其他；苦是苦，不是其他。我要寻到唯一，要定性——如果什么是什么，那么什么就不是什么。世间是动的，地震是动，人事是动，都在动。我随着动，却想着命名。在没有说服众人之前，我先说服自己。先认识自己，认识结局——先结束，再开始。反复如此，如此反复，如此不一定会定性，但一定会乱套。真正的谜只会带来死路。任何走向都会走到岔路口，任何岔路口都充满着希望，任何希望都是岔路口，本质上任何岔路口都只有一个走向。我不后悔看到这一切，我比旁人幸运，这让我乐观了起来。世事因为清晰，所以呈现乱象。我先将自己定住，倒吸了一口凉气。没有人担忧我，没有人在乎我，没有人祝福我——我没有观众。这是对的，是常态，天平仅仅是平衡——我却不信任天平，天平是可疑的，因为天平仅仅是平衡。我不信任平衡，我反平衡——所有的愤恨将得到一次释放。我向生活献花，我研究真相，即使我知道有时候真相并不是真相的真相。时间被挥霍，冗长的等待，百无聊赖。回忆很残酷，让我们还原过去，嘲弄现在。曾经的非凡之物，原来虚弱不堪。我归于宁静，回到了家。我只想亲吻一个好心人，好好地吻她，说她爱听的话，给她讲一万个鬼故事——我指望着她，可我还没有这个她。我不出门，我拒绝我以外的事物，我的王国是孤立，思维闭塞。我不想有人知道我在哪里，我是不明的。我睁开眼睛沉睡着，我分不清梦境与幻觉。出现了吵闹声，各种不同意见相互斗争，一方试图压倒或消灭另一方。敌人向敌人开战，朋友向朋友讲和；敌人与朋友结成联盟，朋友与敌人分道扬镳。我闭上了眼睛，苏醒了。我不能隔绝自己，世界还是老样子，守着老房子，说着老话题，老轮子永远转下去。幻象，一道道幻象，俱是幻象。放达变成了堕落，隐逸改为了逃跑，忠贞等同于蠢笨。最高级的，现在最低贱。最低贱的，现在在云端。从大道而来的，顺着小道出去。香味传出去，臭气熏进来。光芒万丈，暗夜无声。反的都成了正的，正的才是反的，反的必是正的，正的反的，反的正的，反反反，正正正，反正正反，正反正，反反反，正正正。我分辨不出正与反——正与反没有分别，人们在里面拥挤着——有多少个狐狸，就有多少条狐狸尾巴。我的幻觉几乎成真，遗憾的是这幻觉没有气味，死寂着。帮忙者与帮闲者躲在了一边，诗人写诗，工人开动机器，我抛弃了幻觉，从此种植我的希望，等到收获的时候，放眼望，我的黄金万两。

因果循环

报报报，报报报，报报报！报到报到报到，报到报到报到，报到报到报到！应应应，应应应，应应应！应许应许应许，应许应许应许，应许应许应许！——这急死人的报应啊！

我在其中，人们吹着唢呐，去送葬。这个曲子，我听着很熟悉。还有纸人纸马，还有童男童女。我不会在棺材铺里害怕——我不是那种人。天要下雨就下吧，泥石流来吧，我不怕这个，我只怕姑娘的眼泪。

我抗拒部分，热爱彻底。我爱野兽和傻子，我爱美酒与烟草，我也爱沉默，假如有一天我不再说话了，我会沉默到死。

抽屉里存放着我的旧物，我克制着自己不打开抽屉。我开始遗忘，遗忘今天早晨，遗忘今天早晨的飞虫。我一个人奔跑，漫无目的地奔跑，跑出了边界，铁丝网并不结实。我感到了风，风是自由的。天蓝，我站在城市的屋顶，静静地站立着。我居住的地方熙熙攘攘，我的眼睛顺着人流，来到了前方的十字路口。

因果纠缠，我承受余下的结果。前世的某个机缘，反转出今生的命运。我已经失去了对于"事实"的兴趣。报应，就潜伏在我的身边，每时每刻，都一触即发。我相信迟报早报终有报。

今生今世，我的肚子疼。

来生来世，我的偏头疼。

足音交杂

告密者，哭鼻子的老人，怅惘的农民。

学生，商人，花花公子，独眼人，修车师傅，美女，流浪汉，官僚，民歌手，隐士，胖诗人，服务员。

一个叛徒，一个爹，一个战士。

人失重，就会漂浮起来。对于人，重量非常必要——人还是过去的模样，要提醒自己不要忘了这一点。躲避是没用的，脚跟要站牢，然后不停地迂回或直行。人的情绪多变，时代包藏着密码，世事实则空洞。

人妄图看穿变化，期待能探究到根源，但徒劳无功。人容易变成抽象的奴隶，喜好掩盖显而易见的问题，陶醉于概念与符号的魔咒。过头的研究是有害的，要跳出去。钟声每天都在敲响，微风吹拂蓝色的窗帘，室内死寂，人世没什么道理。

人记得东西多了，记忆就不清晰了。人不再理睬丑陋的洞穴，刻意回避血红的尸布，绕过了被囚禁的姑娘。岁月流向不知名的未来，沉沦于午时的太阳。在中央，人将越来越少，周围的人都躲入失聪的耳朵里。有个人听得真切，他默默地做着梦，寻找一种可以驱魔的神奇药水。

阴谋换成阳谋，愈加霸道。阴阳、黑白，在中国的符咒里闪闪发光。宁静是梦，梦是臆想，臆想是颠倒的生活，生活是审判。因为不忍，而不是因为咄咄逼人，促使人们选择退避。内心有个巢，敞开，是整片的落花。不再流泪，不去冒险，不听训斥，不予规劝，不受摆布。人们安置自己，近似于鲁莽地放弃了自己。

花言巧语说完了，是冷冷的目光。一刹那，忧伤就过度了，人间奇怪，美丽恐怖。忙碌暂时掩盖隐秘，爱是避难的茅屋，人们稍作停顿。尘寰在眼界内，人却是孤立的人，握紧了拳头，人在漫无头绪的东风里。

人们活下去，痛苦又带劲。好运与歹运交替，上流说下流的话，下流开上流的玩笑。每天都有活生生的人死去，人的尊严在自我印证的中心，在重建的希望中，却不在这里。这里的人待在家里，待在卧室的一张大床上，抽屉里有一把找不到锁的钥匙，四周洒满香水。色调暗淡，引人入睡。

匪夷所思地，等待让等待具有了等待的意义。内心的水，呼应着更多的水。不等待拆迁公告、名牌大学的通知书、离婚、除名，只等待更为辽阔的水。等待，静静地，他等待着水，等待着上涨的梦。没有人能猜出他的年龄。他在心里竖起了篱笆。他从不流放自己。

鹰隼老了，回忆起曾经的湖泊、沙漠、悬崖、月夜、草原、遥远的飞行。

人老了，那是另一回事。他老了，还等待着更为辽阔的水。

当头开示

　　我使用毫无意义的修辞,当我发现本质的时候,已被语言淹没了。是的,我还是不够坦率。
　　我向自然作揖,向千疮百孔致敬,向死难的人哀悼。
　　水里有鱼,鱼儿离不开水,水流动下去。看不到空气,衣服在身外。饿是饿感,渴是渴感。一只鸟飞过,壁虎望着我,蚊子一动不动。
　　我放不下,我放不下未关之门,放不下人情,放不下春梦。我拿不起,我拿不起火把,拿不起生死簿,拿不起铁。我放下时,拿起拿起的,我拿起时,放下放下的。如果单纯的放下或拿起是一种真正的成功,那这种成功可真是让我感到厌恶。
　　路坑坑洼洼,天使有翅膀,不用走路,而天堂的路大概也是平的。我越来越不习惯追问。我被平了,我被软了。
　　曲子有唱完的时候,呜咽有沉默的时候。我明白了什么是退却,我看到字词长出了异形,呈现奇观与险境。每一个退却的渊源都是对的,又不对。可信,又可疑。每个人都是肇事者,不分左右。我的力量小，只能划定身边的范围。圆的，不是周正；斜的，非笔直；浓的，淡如水；淡的，杂陈五味；高的，不可度量；低的，只能仰望；香的是臭的；臭的是香的。我绕不过去，我感到了饥饿。

饥饿属于父亲，必将永远属于父亲。你以后成为了父亲你就会明白我的话，明白了饥饿。残疾属于母亲，必将永远属于母亲。你以后成为了母亲你就会明白我的话，明白了残疾。我的双亲，我的父性和母性，我的直见性命。

我要吃饭，还要吃饱。食物让人活着，我感激白面、大米、莜面和豆面。可是人极有可能变一次混蛋，只一次就面目全非。人极有可能犯一次忌讳，只一次就离心离德。人极有可能说一次胡话，只一次就不可挽回。

没办法的时候，就不要有办法——这或许是目前最好的办法。

红脸的找白脸的，黑脸的找绿脸的，蓝脸的找黄脸的，任何一张脸面都有要找的另一张脸面。哭的笑的，不哭不笑的，不笑不哭的，又哭又笑的，又笑又哭的，似哭似笑的，似笑似哭的，哭中有笑的，笑中有哭的，连哭带笑的，连笑带哭的，哭笑不得的——这个名利场。

天钝，地朴，人拙。大意粗糙。

哎哟妈妈

妈妈，我把一只好鞋弄丢了，对不起，是我犯了错。

天上总有一颗星星属于我，我喊哑了喉咙，也要找到它。妈妈，我不会再被谎言所迷惑，但大部分生活是由谎言构成的。

妈妈，人群围住我，禁锢我，但我轻易地原谅了他们，还为他们祈福。我麻醉了自己，我的舟已搁浅。妈妈，与我同行的人都爱金钱。也许我应该生在非洲，因为我的老友是一头母狮子，它渴望嫁给我。

妈妈，我喜欢冲着墙壁说话。人生就像是捉迷藏，我待在自己的王国里，我有仆人与上校，我有军队，我有一万个宫女，他们都是我的好孩子。

妈妈，我热爱美丽的马。我不喜欢狗，狗太小了，我不能骑着它到处炫耀。妈妈，我想起了几个黑人兄弟，他们住在美国的南方，他们唱古老的灵歌，为一生所爱而歌唱。我听得入迷，他们抽泣着唱了下去，好像永远都唱不完。

妈妈，我的年头还没有到来，站牌上没有我要去的地方，天气捉弄人。我试着使用眼睛，我谨慎地使用双眼，因为眼睛会说谎。我成熟得太快，所以我显得很幼稚，很不明事理。我有一个秘密，秘密是火，我点着了它。

妈妈，我不能与死人告别，我听不得哀乐，我痛恨火葬场。

妈妈，我热爱光，热爱粉红色，我不承认自己是艺术家，但我是马戏团的舞蹈演员。妈妈，另册上有我的名字，我在黑名单里。妈妈，我孤身一人研究光的变化，我渴望欢乐的宴席，但我拒绝宾客。

妈妈，我在月亮下想您。

妈妈，当潮水上涨的时候，我为马儿备好了饲料，我需要一次长途跋涉。妈妈，请您等着我，请您不要走远。

魔术先生

魔术先生说：我可以做到，因为我会变魔术！

这是一块普通的红布，真的只是一块布，但他一倒手，说变就变，红布里面就变出了一朵花。他再倒手，变出了一把刀，这把刀的锋刃闪着寒光。

人们望着夕阳发呆，断肠人在天涯，慢慢地天黑了，忽然一声巨响，当下就艳阳高照。

拿起遗落的笔，写晦涩的诗行，字迹尚未干透就变成了一幅画，画着滔天巨浪，浪下面是一只小船，船上有一个慈祥的渔夫，他的身后是一个胆小的姑娘。

流浪狗骨瘦如柴，就快要饿死，忽然，就吃得肚皮浑圆。正吹牛的人，在下一分钟就正经八百，说话有理有据。窃贼变得充满了正义感，不再偷窃，更能救死扶伤。骗子一夜醒来，竟以抓骗子为乐。

恶魔的心变得柔软起来，喜欢看肥皂剧，为女主角流下了眼泪。

爱美的女孩说出了心愿，于是肥胖的变苗条，黝黑的变白皙，平胸的变丰乳，矮子的变高挑。

手里的土块，变成了一大块黄金。粗布衣服换成了高贵华服，堂皇美丽。

人们坚定信念，走了出去，大河挡住了去路，那就让河水隐去吧，因为人们要过河——但大河没有隐去，依然挡住人们的去路。

——"原来魔术先生是个骗子！"

魔术先生说这是一块普通的红布，真的只是一块布，他一倒手，说变！可是什么也没有变出来！

他演砸了。我建议众人不要嘲笑他，更不必骂他是个骗子，魔术先生也无须羞惭。天底下，大家或快或慢到最后都会变成一个明眼人。

温柔当令

穿过街巷,穿过熟悉的水井和院墙。门口坐满了大爷和大娘,他们猜着谁家的饭咸、肉多和汤浓。

你一个人玩耍,系美丽的头绳,染着红指甲。太阳眯了一觉,让人懒洋洋。我看着身旁的花,有牵牛花、月季花、串串红,还有一棵叫不上名字的小树,而你在院子里叽叽咕咕地笑。

云慢慢飘动,不注意看云的话,云就不动。天不下雨,正是今年的盛夏,我很平静。

你攒了各种糖纸,糖纸大多来自上海,你将它们夹在笔记本中,所以你的笔记本是甜的。你的身上有一股肥皂的清香,你的鼻尖沁出贝壳的油脂,你的手中拿着一个印着紫罗兰的漂亮盒子。

我骑车,后座带着你。放学了,我送你回家。你家住在东头,我家住在西面。

我送你回家后,已是深夜。在炎热的夏天,只有在夜晚才感到凉爽。离家的人都回家了,吵嘴的夫妻感到了疲倦,父子之间不再怒目而视。夜是真正的帷幕。

　　第一次送你小礼物，担心你不喜欢。第一次发现你怕那种极小的虫子，我不怕。第一次在哭泣时没有背过身去，而是让你看到。

　　发黄的相片、画着武打小人的数学课本和一颗儿时玩耍过的玻璃弹珠，或者街巷、神奇的夏天与夜晚的风。

　　你向我傻笑，围观的人不明究竟。

气味相投

　　气味是对于往日的注解。我怀念逝去的气息,我的鼻子还像当年那样好使。

　　在夜晚,我闻到电石灯沸腾的刺鼻气味,灯火照耀。

　　我闻到新刷油漆的味道,闻到它我就很清醒,觉得连我的脑门都是干净的。我闻到干草燃烧的味道,呛得鼻子难受,可一旦远离,那味道淡了下去,又觉得好闻极了。

　　换季时翻出箱底的旧衣,就闻到了旧衣的味道,一种樟脑味,伴着轻微的发霉味,并不厌,旧衣如老妻,只觉得妥帖,尺寸平整。

　　我闻到学校楼道里荡开的尘埃味,一种刻板的、印刷的、装模作样的味道,它与上课的铃声一同飞升和消散。我闻到柏油的味道,太阳毒辣,马路软绵绵的,一脚下去一个脚印坑,多么自甘泄气。

　　推开门,是堆放杂物的小屋,里面发出陈年的潮湿的木材味道。屋里有祖上留下的几个木箱,边角镶铜边,残留着古旧的花纹,如哀怨的前清弃妇。这种味道不是臭味,而是一种时间性的混合霉味,泛起岁月的沉渣。

　　味道是年代的一部分,顺着味道,我寻找故事的主线。我的灵感经常迟钝,是味道让我兴奋起来,世界骗不了我,因为还有味道为我作证。

阴奉阳违

正与反,明与暗。男根女道,阴阳道。

我热爱光,热爱所有刺眼的东西,明明是明明,堂堂为堂堂,心切切,嘻嘻。

在暗处,在下水管道里,与老鼠在一起。暗处是另一面,是黑的,也是惨白的光,血淋淋的。诅咒属于这里,贪婪是主旋律。在黑暗的黑暗中,黑暗的故事被秘密讲述,人是邪恶的俘虏。那里的阳光正好,这里的暴风雨肆虐。

众人之后,继续密谋,命运被无关者决定,离谱的越加离谱,荒谬的持续荒谬。天空被预谋,天空被分裂,所有的飞行必须忠实于天空,这是命令。命令是幕后完成的,飞行却在幕前。

出卖是正常的交际,背叛是沟通,黑手是友谊。没有心灵鸡汤——心灵是心灵,鸡汤是鸡汤。道理失去了立足之地,道理说不通,因为道理很道理。

人们面对面表演,世界被连续播放,肥皂泡很坚强,坚强得令人不解。那些阴暗的管道、潮湿的舞会、卑劣的内心和地下的恶种。

　　我在幻梦中还原生命，却不能重现时间的黑暗，那是命运的重伤，记述着世间的生死路途。阳光正好的时候，我想把所有的朋友都招来，一起喝酒谈天，嬉笑怒骂。因为阳光正好，所以我、你、他的六神有主了。

　　我在磨刀。你递给我一块糖，那是一块甜甜的糖。

　　也许你的糖错了，也许我的刀错了。

摁上指纹

我爱我的指纹，我爱命运的每一次呕吐，吐出来就会舒服一点。我爱贫苦的患者，他们冒死逃离家乡，他们的身体瘦弱，但疾病没有夺去他们的信仰。

我爱我的指纹，我爱虚无。我爱衣服上的破洞、吱吱扭扭的小床、祖母留下的蒲扇。我阅读一摊泥，观看飞机的模型，天空高得让我发抖，也大得像不朽。我爱不朽，爱河流，爱热烘烘的野牛肉干。我爱上了一个沉默的姑娘，她就蹲在井盖旁，不时地看我一眼。

我爱我的指纹，我爱一个没有回旋余地的地方，爱没有食物的厨房，爱没有开刃的刀枪。我爱思考，也明白什么是休想。我爱害羞，双手放到了自己的膝盖上。

我爱我的指纹，我爱贫乏的生活，我爱贫乏生活的证据，我保存这些证据，保存吃饭的锅、没洗的碗、窝囊的被子、刚摔掉的手机和一封没有地址的信。一生是一次完美的饥饿，肚子干瘪，困倦，抬不起眼皮，生命也许就要终结于一次瞌睡。我爱我的脊梁，我没有躺在地上装死，也没有向任何一个穷人乞讨过。

　　我爱我的指纹，我的血就要冲上头顶。我目不斜视，低声说话，失去重量的时候，我有自己的排解方式。我爱一个没有空隙的拥抱。我的踝关节发麻，我的双肩蠢蠢欲动，我的劲儿一来就能产生热量。

　　我爱我的指纹，黑心的人，请走开。我爱无用的诗，爱真实，爱人道主义。世俗淹没幻象，我在惊吓的底部盘旋。我的肢体变成了枪，但不会走火。我总是第一个听到兔子的嚎叫，也第一个听到绵羊的呻吟。

　　我爱我的指纹，我爱仙鹤。我在楼顶看风景，距离正好。集市的叫卖声让我周身不自在，身体是个累赘，而不是习惯。痛苦的人脑壳坚硬，交易为人们伴奏，下贱对贱人有效。细软温香的生活，让人迷失。我走入青黄不接的日子，血色的气流遍布其间。也许我一生都来不及说出一句真正有力的赞美，我的器官僵硬，愤怒的闹钟提醒我：今天是星期一。我不担心时间，不担心后背长毒瘤，不担心与鬼魅合葬。我爱着现在，爱着泪水涟涟的爱情。

　　我爱我的指纹，旗帜被风吹响。我了解经济，面对经济增长，人们都做生意去了。我一动不动。群众发牢骚，开玩笑，评说隔壁的寡妇。而我爱着我的天使，爱看她眨眼睛。

　　我爱我的指纹，我爱葫芦，我好奇葫芦里面到底装着什么神药。生命赐给我矮鬼和巨人，赐给我西部和东部、北方与南方。我爱来路不明的善人，我爱唐诗。我爱晴天，我希望永无病痛。

　　我爱我的指纹。我在原地等着你，至死都认得出你。

一丝不挂

"今天的节目到此结束,晚安。"

出发的时候,天微明。我握着一枚最小面值的硬币,一直向前而去。我要离开这个地方,离开我的情敌。母亲正等着儿子回家,可是我要很晚才能回来。

我不愿成为一个木偶,厌恶把自己嵌在镜子里。我不是来自天空,我只是在地面上等你。你不来,我就呈现老态。我没有神力,没有办法应许你,而你本该得到你应得的礼物。

小女孩一个个长大了,她们的裙子开满了补丁,她们是些穷孩子。我不能看到女孩子的破裙子和被刮破的红袜子,一看到这些,我就陷入了忧愁。

我住的城市里有一个大闹钟,准时、忙碌。生活在这里的人们只有不断地加速,才能对应大闹钟的时针。人们在怀疑中生活,为沿途的广告打工。人们难免丢失掉透明的爱情,但人们劳作着,等着到了日子领工资,等着等着天就亮了。

人们遇到了难题，一筹莫展。人们合在一起，唱外来的调子——人们还不够野蛮。我的脸庞迟早将蒙上灰尘，生殖过后，我将留下自己的后代。我开始妄想，我设计梦中的宫殿，我为天空引来干净的雨水。我必须说明自己，我故意不走进中央，我故意上当，故意把头偏向危险的一方。我看到婚床，谋杀和渎神的礼拜，我看到死而复生的叛徒，我看到调笑的侏儒和一本处女的日记——我看到语言的家乡。

我只希望做对一件事，我的希望不是无望。我极力摆脱非我的一面，使自己变得牢靠。我使用温度计，在艳阳天测量风暴的速度。喘息之间，我的路线连成晦涩的诗行，却不指望别人吟诵。我喜欢使可怜的人拥有绝对的权力，让冷酷无情的人为远在异国的灾民而感到悲伤——我强迫自己为了善良的事业而造出一些假象。

我从不盘算，不讨价还价。我坐在破落的阶梯上向人群眺望，我不合时宜。我常常忘记存在，消隐于阳光下，我常常与自己相逢在狭路中。

我的鼻子常发酸，时间松弛，慢慢晕眩。距离是盲目的，堆积忘乎所以的人形，日子让清醒的人沉寂。我的眼睛望向烟色的天空，我发起温良的怒火。我要亲吻白痴的额头，我要为瞎子指路，我要与多余人交朋友。

幻觉撩拨人们的理想。我与死亡保持着距离，我的头颅安好。

我怀念过去的冬天，我想起生火的炉子，我热爱煤炭。我不为自己感到难堪，我随着芬芳摇摆，我很镇定。我无力还原记忆，我生活在偏差的中心，我也不停地兜圈子。我压制过度的热情，排斥大而不当的点缀，澄清心里的浑水。

我解散那些围观的人，回到自己，回到神秘的姿势，回到顺风而去的季节，回到平安的村庄，回到打开的身体，回到了歌声中。

我听到了大声呼喝——尖叫不可伪装，自由不可比喻——我告诉你：人不是虚幻的东西。

众生众意，花叶纷繁。当白云也笑着飘过的时候、当疾病痊愈的时候、当爱的誓言被无限放大的时候，我是一朵一丝不挂的莲花。

摩登城市

看,这个世界开始。

看,这个世界结束。

宣传品遍布街市,即使人们急着回家,也逃不开商品的大网。游乐场里应有尽有,快乐被合法购买,一切都变得简单之极。点歌机不停地工作,听音乐听到最后,音乐都变成了同一个调。人们寻找高级的玩具,玩具没有思想,只是玩玩,请不要思考。游乐保护脆弱的人,保护自私,保护自我放逐,保护文化流氓,保护地下钱庄也保护地上的软骨病患者。

人们嬉戏,休息,聊天,愁眉苦脸。孩子们追逐打闹,炫耀滑板技术。夜里灯火璀璨,每一个霓虹灯都妖艳,每一束妖艳的灯光后面都潜藏着一个经久不衰的烂故事。

越高级的小区越寂寞,保安出没。城市包容她的孩子,也铁了心禁锢他们。浪漫不是一杯极品咖啡或法国餐厅所能解决的问题,人们努力制造历史上最庞大的文明垃圾,白色的塑料袋与变种的语言交替污染环境。人们扛着,扛着飞翔的房子、刻板的教育和危险的医院。

城市生出了逆子,这逆子越背运就越叛逆,越叛逆就越紧张,越紧张就越离不开这个竞技场。

最后遗留下零散的声响,遗留下怪笑和叹息。

清好俗艳

圆满是天边的花，不可能的事物才最美。

我爱炊烟深处，爱散漫的人家。我的爱俗艳到底，花红柳绿，味道咸酸苦辣。

我独自看好浟浟俗气。我爱庭前的嬉戏，我爱夜半的絮语，我爱庸碌——我面含愧色，却心生欢喜。

和尚是修行之人，禅灯岁月，要的是一分心甘的清苦和安宁。而百姓的快乐终归是俗艳的，俗艳是生活的骨肉，大鸣大放才有劲力。俗艳是两相好，是放不完的炮仗，是接不够的大红请柬。俗艳是礼金，是锣鼓，是家乡的葱油大饼和炖肉拉面。

定坐、静思、内省、偏隐、绝禄、少言、恩义、铁骨、忍受、大度、远志，这是清好。一种极简。坐读天地，天地亦无物。夜静、耽思，明净如初。自省与棒喝，禅的机缘，风度自兴。隐不是隐山林，是隐杂念。利禄无恒值，过眼即忘。幸福不是在花市里买来的一朵红花，而是一棵自得的自由生长的青草。

清好之人，骨头最硬，血是热的，面目则端庄安详。刚性为旗，不倒，宁死不屈，哪怕火中取炭。清好绝不是忧郁和软弱，相反极勇敢，不顾性命。忍是一门功夫，受是心甘情愿。度，决定着大小，小到一杯茶的清香，小到沐浴后的体香；大度是胸怀，为旷远，跨青山，渡流水。

　　文化的血脉散发幽香，俗艳与清好遥相呼应。屋檐下，人黑压压的。清好与俗艳，各成天地，人间有情。

天生天灭

夜深沉。远方传来了吹打声。

白马在梦里飞奔,梦里雪白。

梦里我缺乏判断力,看似无所不能,实际处处受缚。梦是一个遥远的口信,是理想的旁白。

蓝天辽阔,而我毫无远见。死过一回的人,并不了解死亡本身。沉浸于夜晚的人不明白黑暗。暴露在阳光下的人不懂得太阳。路人需要的不是休息,也不是水,而是同伴。

爱被长久追逐,爱是一个暗示,追逐的人不明里外。仇恨与过去有关,恨是累计的,不是突发的。恨是心底的怪物,它不腐烂,它随时准备撕咬。人不是一块铁,铁在高温下可以熔化,再炼成钢。人太软,人在高温下只能化为了青烟。人不可以燃烧,人要冷静。人要冷冷地去战斗。

不会有更阴暗的天气了,雷声响得正是时候。规律、原则、秩序,向未知转动下去。现实中,个人没有显著特征,混同着,谁也离不开谁。一个人只有一双眼睛、一双手、一个脑袋，不可能更多了。

命运变幻，人类创造了语言，就创造了命运。命运是一个词。

我的话语混乱，因为生活本身的不可解而感到沮丧。我幻想能够得到一个最终的解释，或者听到一句肯定的答复，即"我相信"。荒谬伴随世事，你若真的诚实，就不必从事自己厌恶的工作，你虚伪的劳动要全部停下来。

爱不可断线，爱让天空不再虚无，那是贪生的经脉。

天生的，天要灭。天灭的，天要生。天灭天生，天生天灭。我肯定人世的希望，但现在的我已经晕了。

"谁有指南针？我需要一个指南针！"

舍不得你

我舍不得无人认领的小花。

我舍不得苦行的朋友,舍不得王母娘娘,舍不得梁山上的好汉。我舍不得欢喜,舍不得离奇,舍不得舍得。

我舍不得回忆,舍不得少年意气,舍不得童年的忧郁。鸽子飞过的时候,我听到了哨音。秋天的街道上铺满了落叶,我把落叶写进了发光的日记。

问题的后面都跟随着一个答案,答案的后面是我。天边有一道彩虹,那是我的桥。我吃甜美的食物,我的枪膛里上足了糖衣子弹。我患有喜乐病,我舍不得伊甸园,我走不出蟠桃盛宴。

我舍不得繁华,舍不得夜半的狂欢。我结识每一个漂亮朋友,我为他们讲笑话,嘲弄过期的诺言。我相信哑巴,相信醉倒在公路旁的青年,相信拥抱我的流浪汉。我相信夜晚。我舍不得这分孤独,这刺眼的、不知疲倦的孤独。

想象力不如现实刺激,我无法及时反应——我就要输给面前的这堵墙壁。性命沉重,我舍不得爱和恨,舍不得无辜与恶意。我停止钟摆,让道别的话说不出口。街头的轻吻好过台面下的决斗,握手强于挥拳。我任意提出幼稚的问题,让事情变得简单。我舍不得自以为是的美好,我舍不得爱人的一片苦心。

信在前,有信,则生爱。我也舍不得糊涂虫,舍不得他们在被欺骗中死去。

高调扬起的,只为追求平静的消息。不切实际的,实际切于要害。痴心妄想的,原本天赋异禀。当众人的靶子的,却是为了众人。我舍不得这些高亢的反调。

天不明,锁链被反复使用——反复使用的还有鞭子。我在后山脚下,等待着出现奇迹。我舍不得这时刻,舍不得这悲喜交加的时刻,这时刻我的心脏承受着一种强力。

我舍不得迷途,舍不得曾经的弯道与死路。我舍不得相交的矛盾,我舍不得口水与誓言,我在我的对立面安然守住。

你在江的这边,我在河的那里——我舍不得你,你是我的起搏器。

硫黄与火

我听到急骤的马蹄声。

古堡。夜行人，月亮无光。天冷。狐狸不睡觉。想高喊，却咽喉肿痛。夜行人穿黑衣，融入夜色中，向古堡走去。家乡现在是什么时候？爱人正做什么梦？屋子暖和吗？有火吗？煤炭够不够一个冬季燃烧？夜风不曾停下，携带着怨毒，狠狠地吹。虽然遇到很多的绊脚石，但夜行人目光坚定。古堡在前方直立，那里也许有厉鬼出没。夜行人并不惧怕，路顺着血迹而去，古堡已近在眼前。

天空放晴。爱是命定的力量，它从未停歇，而少女忧伤，大多是一种造作的无望。人偶尔闪现，披着黑斗篷，保持警觉。空气凝固，形成一种虚无，呼吸显得多余。时间逝去，一只黑猫在角落觅食，望向晃动的人影。太阳隐去了，夜晚只属于夜晚，忠于恐怖。巨人带领着一帮侏儒找乐子。暗室发出微弱之光，诱惑着什么。仙女被关在楼上，冷光照耀着她的脸。仙女在等待，等待让她感到了厌倦，"厌倦"是人类的词语。狗在狂吠，时针正常转动，四周生长着毒花和异草。

仙女照镜子，巨人与侏儒在偷窥。仙女是个老姑娘，她的脊背发烫，那里赫然有一道血红的鞭痕。

尸体停放在中心，八月流火，蛆虫泛滥。警官无能为力，家属只有哭泣。开始出殡，入土为安就好了。送葬的队伍极为壮观，各种响器向天吹奏，天还是天。幽灵喜爱热闹，无常闲得发慌。人们记忆，遗忘，时间被篡改。下午令人提不起精神，局外人讲述着一个秘密，恩仇彼此纠结。那血案本是血债的结果，那他人本是危险的种类，那快意本是自戕的游戏。那死者被归入了死档。

废弃的大型工厂里，有高大的厂房和孤独的被熄灭的高炉。到处都是利角，地面坑坑洼洼。找不到一张舒服的床，寂寞的日子不到头。

人们在祭祀之日焚香，态度恭敬。这时从门外突然闯进来一头疯狂的黄牛，人群顿时混乱，拥挤，相互推搡，四处逃跑。

人的魂魄四散。夜深了，不远处有一个卖羊肉汤的小吃摊，摊主系着一根红腰带，他只有一只好眼，行为古怪。

母狼爱上了一只公鸡，美洲虎生出了小熊猫，南方有只鹦鹉随口创作了一首诗歌。鲤鱼在夏日渴死在岸边。竹子开花了，开出了一朵牡丹花。老井中飘出异香，垃圾桶被保鲜膜覆盖，厕所里张灯结彩。有人用脚趾头演奏小提琴，有人用舌头拉二胡，有人用铁棍写毛笔字。

人口失踪，大范围停电，按键失灵。

亲人板起了面孔。越是在白天，人越是感到恐惧。我盼望黑夜来临，盼望蟾蜍指引我一条小路。在低洼的草丛、在湿漉漉的山冈、在破旧的水泥房顶上，我渴望天空垂下一个梯子，这样我就能爬上去。

天空没有垂下一个云梯，僵尸却出门了，吊死鬼是他的好友。

我只能继续养我的宠物，它是一只未成年的母老鼠，灰色，贪吃。我要活下去，看着它发育、交配、怀胎，看着它产下一窝幼鼠。

水远山长

波纹，土壤里的水。河流，海，冰河期。

——岛屿，故国在望。

我被选中了，选中了在一生中航海一次。我用汉语写下航海日志，用拉丁文作注解，适合希伯来语朗诵。我经过港口，经过露出海面的石头，经过飞翔的鸟。我不做跛扈的船长，我做的是水手，我只为大自然叫好。我手执指南针，乘风。

我用鳃和肺呼吸，我在两极跳舞，我沉溺于夜气，我期望邂逅善良的鬼怪。

我拒绝系统化。我从不迁怒动物，我不装慈悲。我是粗人，喝溪流之水，在草地拉屎，帮松鼠搬家。

我数星星。在黎明前,我与猫头鹰有一个约定,但我绝不告诉夜莺。

我远离祸殃，告别可怜的人。早晨，我来到果园，摘下第一枚成熟的果子。我有自己的蓝天，我热爱乔木，但我不会愚蠢到把美景透露给旅行社。我不是一个告密者。

我害怕咳嗽，担心惊醒沉睡的虫子。我丢失的快乐，要依次再找回来。我不听人类的叹息，我要畅快地呼唤。我将写给爱人的信统统刻在了玄武岩上。

我种植棉花，我热爱大朵花瓣，我崇拜角。

我向路旁的榕树致敬，我向小草道早安，我为玫瑰花让路。我阅读悬崖的高度，测量山鹰的飞行轨迹。我不讨厌飞蛾，我不嫌弃蝙蝠，我不鄙视狐狸。

我毗邻火山，我呼吸绿色的空气，我在红色的下午，背靠紫色。我吃橙色的食物，我在黑色里做梦，我梦见所有美丽的颜色，我梦见了光。

我愿意被时光拉长了身影，我愿意一个人上山，我愿意隐没在云雀的家乡。

我听安静发出安静的声音。我不想见到车辆，发动机让我恶心。我不怀疑城市，但怀疑城里人。

有证据表明，月光和山麓是死亡的死敌。我腻在光晕中，我的肉体是明亮的肉体。我在沙地上写字，我为一对鸳鸯作画，我挑拣被小雨淋湿的石头。

我的失败已经破灭。我的眼睛离不开山水，我是山间的虫子，我找到了食物。风愿意怎样吹都可以，闪电就闪电，还有雪花与炎日。

我点的火，给我温暖。我保存着火种。我的头是好头，我喝的酒是好酒。

我不是一个孤儿。

高呼低唱

变化学是一门隐蔽的学科，又被称为巫术。

假象被好心人记录、被老实人观察、被热心人传颂——仿佛人人都是好样的，仿佛人人内心的东西都一样，都一样沉甸甸的。但好心人、老实人、热心人也容易变成坏人。人，从来就没那么简单。

高喊的是口号，是举起的手臂，汪洋一片。近处在当下，默默地低声合唱。

向偶像行鞠躬礼，跪拜也被允许。屈膝是一件容易的事，被人们认为是美德。人们窃窃私语，争相说着各省份的坏话，东家长，西家短。人们渐渐习惯戴着面具出行。人们认为只要活着就够了——活着就已经足够刺激。

想象这个世界，把想象当作一个严肃的游戏。想象似乎就是真实本身，你越相信想象的真实，你就离生活越近。那些不相信想象的人，也可能不相信生活。

不要急，要等，要等到最后，要等到散场，这时才能看清楚完整的舞台。要相信道具，但不要迷信表演艺术家。不要让天空显得空无，不要仅仅满足于爬行，不要只是直立，不要为快步行走而沾沾自喜。不要快速地安顿好行李，你还有很长的路要走。

　　要相信这世间有路，要相信到达，要相信路标的可靠。相信是一种可能。要多预备铁鞋，要多准备纱布和止血剂。

　　我不贪图虚无的字眼，不把现实抛得找不见。不要浮，要沉下去，此沉非彼沉——沉湖之人是另外的人，比如可爱的老舍先生——那湖边的人，正在观赏湖面的风景。

八千公尺

嘘，禁止喧哗！

我认为出走是人生的美事。我在田野支起了吊床。

山花开放，每一年的春天都是这样，她们毫无保留地打开了自己。花执着，守时。我可以对周遭撒野，却不能对着春天撒谎，大自然大过自己。

我爱花，爱没有忧愁的春天。

我不能拒绝生活，也不愿把未来埋葬。我观照内心，为自己寻找凭依。我需要有力的一双手，需要来自内心的支撑。我推门而出，世界一股脑来到我的面前，像巨大的黑洞。信息是海，试图掩盖我。

我在现场，在发生的地方。先是个人立场，然后才是知识、智慧、破解。现在至少我在场，我用眼睛捕捉光，见识不同程度的黑暗。

人代替世界说话，为活人辩论是非，替死者写墓志铭。语言是伟大的工具，通过语言，人类建设和摧毁了无数灯塔。而世界不言，人则生来有种，还有肉做的声带。

人们都希望活得饱满，希望自己是厚实的，能够抵抗外在的击打。人们习惯在表面生活，习惯制造数不清的垃圾和口水。人们只是为了一个秘密而保守另一个秘密，秘密被不断地繁殖，以至于有一天，人们将无法确认那最初的秘密根源。秘密的链条绑住了人们的手脚，这秘密从始至终就成为了一个阴谋。人们只有把不义全部归于秘密，才能给自己披上合法的外衣。保守秘密被美化成最高的忠诚，人们陶醉其中，在集体安全中享受着人性的丑陋。这丑陋的刺激让人们变得更加疯狂。

阳光一点点销蚀。魔障不再使人们感到惊奇，每到此时我总是回过头，似乎闻到了鲜血的气味，还有耳旁的呻吟声。

焦虑、茫然无措、自主的懒惰、臆想的物质狂欢、贫瘠的大脑脂肪、铁一般的脸皮，这些玩意儿被速度进行了轻而易举的变形。我拒绝软弱的安慰，我怀疑抒情诗人的完美救赎，我远离虚幻的仙境，我不能把自己一次性出卖。

人们长时间心神不宁或选择性遗忘，世事索然无味。

城市被咒语附身，紧张、傲慢、野心、贪欲，让我感到了窒息。我不做投机生意，不背着钱袋飞行。

我不能故意硬起心肠来生活，世相如贪婪的一张大嘴。

我收起了吊床，弯下腰，把心里话告诉了一只晚归的蚂蚁。我说："黑哥们儿，你一定明白我说的是啥。"

天使之眼

亲爱的,我长不大了。我希望每天都穿一件新衣裳,我希望每天都能听到一个刚诞生的笑话,我希望每天都是一个欢闹的节日。

希望是希望,而现在的我正发愁,我总有想不明白的事情。我找答案,那答案大概也在找我。

我喜欢花伞,喜欢颜色艳丽的布匹,喜欢幻想一个民国年间的新娘。我遵守着原色。

水中乘凉,我的皮肤光滑,我是一条快活的大鱼。我喜欢水,但我害怕离人的眼泪。

最美的人会爱上我,一旦爱上我,她就不会变心。她向我说情话,即使我在卫生间方便也能听到她对我说的情话。我喜欢亲热,喜欢冒着热气的事物,喜欢蒸腾。我不喜欢暗夜,尤其不喜欢乌云。

世上发生坏事,每一件坏事对应一件好事,每把尖刀对应每枝鲜花。

我不喜欢手术台,恐惧针管。我喜欢汉语诗,喜欢絮絮叨叨的家信，喜欢唐朝的兴起，热爱春风浩荡。我喜欢听民间的歌谣，喜欢看老两口吵架，他们吵完就和好了。我喜欢那些沉默的流浪者。

我喜欢狐仙，喜欢好心肠的狐仙。

我喜欢睡在宽大的床上。我喜欢过滤，喜欢筛子。我尊重挑选，藐视杂质。我羡慕歌剧一般的爱情，我虽然猜不透天意，但爱情的启示真是随处可见。我爱永生。

在夜里，我的眼睛比白天看得更远。我喜欢天上的飞机。我喜欢夏天，喜欢晒太阳，也喜欢流许多汗。我喜欢裸体。我喜欢人类的骨骼。

我喜欢原谅。世界是无辜的，我不怨它。我有时显得很糊涂，在选择的时候我是清醒的，但我的选择却是糊涂的。我不时地责怪自己，认为自己想得太少，想到并写下的更少，写下的——我却说不出口。

我喜欢农民式的热闹，喜欢唢呐，喜欢神秘的祭祀。我乐意用一天时间来欣赏东风的变化。

我渴望听懂花朵的语言。我学狗叫，狗冲我叫，它也学我。我绝不抢狗的骨头。

我在沙地挖洞，如果我的洞一直挖下去就可以挖到南美洲。这个世界上没有多余的事物，人要晓得爱人，也要晓得救人。

我形容天大的事情，往往形容成一件小事。我形容一只蚊子，往往形容成一个恶棍。

我见不得怨偶，不喜欢栅栏，不喜欢监狱，不喜欢死刑。

我与众不同，但我在任何人身上都能发现自己的一部分。我欢迎不速之客，喜欢坦白，不害怕说出秘密。我的秘密总是美的。

我喜欢人间的底色，喜欢年轮。世间乱象，都要孤身一人去对付。

我敬重人的壮烈，爱惜战士。我亲近被遗忘的灵魂，与精神病人聊天，向他们描述一种人的飞行。我羡慕一只长寿的乌龟，又想变成太平洋上的一朵浪花。

我不喜欢念悼词，不喜欢棺木，不喜欢土葬。我也不喜欢火葬，根本上，我不喜欢所有的葬礼。

我掌握着魔法，将破镜重圆。我有一张地图，地图上的每一个地名都由我标出，我把亚洲改为了金色之洲。

我有中国，我有北方的大城，也有南方的小镇。

我有天南与海北，我的嘴里没有苦味，从此不再迷途。我有乡土，有黄河，有长江，有飘落的大雪和细雨中的露天戏台。

我泪如雨下，亲爱的，你不知道我有多爱你。

目力所极

从这里开始,有九千九百九十九级台阶,你上去,登了顶,再抬一步就是天了。

还要经过多久,才能厌倦虚构的不朽。传播是磨蚀老实人的最好方式,人们不知不觉地上了贼船。如今要把心重新放回心里,爱与同情应该夺回被掳掠的地盘,每一张笑脸、每一瓣花、每一粒灰尘都应该得到赦免。

不要把灵魂藏起来。不要怕陌生人,不要只是为了隐秘而生活。贬值的依然在贬值,下滑的速度更快,要抓住土地,要站稳了。

完整的生活带来欢笑和误解,带来幸与不幸。我渴望一次真正的苏醒。我在不可转弯的路口,需要恢复孩童般的想象力,用想象力去烹饪、绘画、种地、炼钢、教书、救人、说笑话、整理床铺——去发明奇迹。

抉择前,应坦然认识自己。人们认识自己如同认识一位古怪的老朋友,这个老朋友诚实,但并非完全可爱。

我的心跳证明我还活着。我愿意静默。我缺乏证据，这种证据将剔除无聊、急躁和脆弱。我尝试让自己变得严肃，我不能让自己无所谓，我的反抗与祝福必须是正经八百的，必须是严肃的！当我与墙壁辩论、与封条周旋、与大海恋爱、与井盖对视时，我都是严肃的。

　　直到现在，我仍然认为诚实就是勇敢的全部含义。在混乱与低能的时代，人会钝化，只有诚实保有一种与生俱来的尖锐。我期望我的诚实可以让思维懒惰的人感到一种不安，或者使一些下流胚感到了忧伤。

　　每当我用汉语写作，我总能察觉出这些汉字所隐藏的阴影，这阴影是一些笨蛋、懦夫、骗子和娼妇，任何高贵的语言里都有这些阴影的分量，他们也夹杂着爱恨、空虚和不甘。

我说不出

我说不出,却听得到。

我挖空心思想一件事,只想一件事,只疯狂地想一件事。事情是虚构的。

我在黄昏看望太阳。落日短促,她仿佛很不情愿地、充满怜悯地、永远地沉下去了。

我逗弄有趣的人发笑,因为有趣,所以他们很容易就感到了快乐。我想他们在享受笑话的时候也享受着自己。

冬天乘车,车窗的玻璃结了一层冰霜,虽然薄薄的,但看不到外面的世界了。我擦去了这一小块冰霜,透过这一小块,我看到了冬天的街市。人们依然忙碌着,车厢显得很狭小,我很温暖。

我想扯几丈粗布,做一件宽大的衣裳,我想衣袖带着风。我不希望自己胡言乱语,但我常常失望。我往往说一些蠢话,这些话至少有一半是对的,并且是硬邦邦地对——可惜这还是蠢话。

天气冷了下来或渐渐暖和,我感到季节在交替。穿上贴身的毛衣或者脱下了一冬天的外套,我感到自然而然的惬意。我明白,人无论怎样过活,我们都尽知寒暑。

长辈们亲切地拍我的肩膀,他们都长着一张仁慈宽厚的脸,他们总是说"你的路才刚刚开始"一类的话。每当这时,我就生出模糊的希望与不甚牢靠的幻想,我认为自己还年少无知,生命真是长得不着边际——我想如果一个人变老,那至少要经过一万年。

我发呆,大世界,花未来。

如果你看到一个人在北方就着生蒜瓣吃手擀面、于漫漫黄沙中急停、为大雪而今夜一醉方休或者看到他在温暖的南方乡下用山泉洗头、保护遗失的鸟卵、请萤火虫指路,这个人或许就是我。

记住所有

    记住你是碎屑，沉重的山也是碎屑。记住天的蓝色，天不会塌，但没有云梯搭在上面。

    记住流浪的猫与狗，记住遗失的井盖，记住无人认领的包裹——记住你同样是孤独的。锅里无饭，记住你仍然感到饥饿。记住生活是你的勋章，它嵌进你的皮肉里，开成了一道伤疤。

    记住那些咽进肚里的话，记住那些不可避免的开始。记住寒冷的客观，记住梦的主观。

    记住你说出的预言，记住你的口误，也记住谎言。记住良辰美景，红男绿女。记住霓虹灯下的嬉闹，记住你的不羁。记住道路，记住真心的歉疚，记住你的无力感。记住没头绪的苍蝇，记住你为什么生存，记住艰难的交易。记住物，记住命名的困惑，记住你的权利，记住绝望的旅程。记住信笺，记住你的笔迹，记住耳语，记住热辣的情话，记住怀抱。

    记住你的因果，记住无聊，记住那些你不得不做的蠢事。

记住你热情的臂膀，记住你的独白，记住夜里的灯火。记住自在的伸展，记住你的牙刷、毛巾与刮胡刀，记住你的日常生活。记住隔壁的饭香味，记住冰箱里的冰、热水壶里的水、酒瓶里的酒、烟盒里的烟、糖罐里的糖。

记住花园的路通过莲花池，那里有竹林，有小鸟和昆虫。记住青烟在家乡消散，记住你的鞋又裂了一道口子。记住美人长满白发、情义结出骨刺。记住吻一个人的时候，要用尽全力吻下去。记住心是自由的庇护所。记住轻易的承诺，记住过火的野心，记住混乱，记住洁白的爱，也记住与你擦肩而过的陌生人。

记住摇荡的秋千，记住那些不可能实现的梦和一段不存在的友谊。记住你的疼，记住夜晚的哭泣，记住你的脆弱和莫名其妙的伤心。记住女人的眼睛，记住男人，记住男人的手掌。记住不被祝福的期待，记住一次冷酷的离开。记住风、雾、雨、雪，记住你的颤抖——当你狂喜的时候，你在颤抖。

记住儿歌，记住人世的欢颜，记住淌出的热汗。记住鲜花，记住那些艳阳的日子，记住青草的味道，记住土地以及未收割的粮食。记住蝴蝶，记住花粉，记住每一次飞行，记住多余的等待。记住笑容，记住渴念，记住被宽恕的罪过。

记住邪门的交汇，记住黑色的邂逅，记住侮辱。记住无法证明的真相，记住黏稠的往事，记住栖身之地，记住好心人。记住水滴、鱼儿和屋顶的天线，记住怀疑过后的肯定，记住你的嘴唇。记住叛逆，记住契约，记住向东方走去。记住限度，记住说过的话和泼出的水。记住寺院的钟声，记住无端被指责，记住众叛亲离的痛楚。记住城市的脚印，记住路边的岗亭，记住铁门和凶狠的狼狗，而你不是那根主动凑上去的贱骨头。

记住乏味的时光，记住你的跃起，记住你悍然的一次转身。记住永不翻身的难堪，记住公告，记住正大光明的入侵，记住退却。记住肠胃抽搐，记住脚底生疮，记住头顶脱发。记住一个多病的夏季，记住你的周身麻痹。

记住哀愁，记住时光急迫，记住迷案。在愤怒的边缘，记住你的不得已。记住路口，记住地标，记住转角，记住故意的暗号，记住符咒。记住花，记住挺直的树，记住蜘蛛与蚕蛹。记住老态龙钟，记住茅草房，记住慷慨的邻居大婶，记住一碗面、一口粥和一声规劝。

记住情感的沙石呼啸，记住栅栏边的游戏。记住电网，记住多云的恋爱和分手的骤雨，记住无常。记住群众的鼓噪，而你无所适从。记住你的声带、你的目光、你的立场，记住你的憎恨。记住墙头，庭院寂寞，记住一轮明月。记住出口与入口的通道，记住位置的变化，记住标签。记住不能言说的往事，记住艰难的书写，记住所有的不可能——你记住了所有的不可能，也就记住了所有的可能。

记住你流露的轻视。记住你的头要抬起，现在胜负还没有分出。记住恶，记住万劫不复，记住末日。记住在怀疑的前面仍是怀疑，记住在怀疑的后面仍是怀疑，魔障重重。记住一条大道，记住市井小巷，记住泥潭和情人设下的陷阱。记住遥远，记住随时可能发生的危险。记住你的情话，记住你舍弃的一切。记住面对面的误会，记住乱麻、乱码、乱流。

记住红线，记住舌头。记住你仰起的笑脸，记住你的眉头紧锁。

记住你不得不止步或倒下。记住清晰的退路，记住你的独处，记住寒夜。记住不可为，记住冰窖与火葬，记住在门外等待的络绎不绝的参观者。

记住年节，人生苦、活计忙、心不宁。记住罕见的物象，记住萍水相逢。记住漫漫，记住力量的对持、化解和消灭。记住一身意气，记住两袖清风。记住深重，人与人，天各一方。记住一次神奇的远游。

记住你的决断、你的无情、你的无力改变。记住你的三生有幸，记住你的一脉馨香。

活着是人，死了就是鬼——记住在你万分危急之时，一定要夺路而逃。

记住所有。记住你会死，这不是一个秘密。

禅声起落

尖叫声，鼓噪。人群嘟囔，局势尚未明朗。禅是清风，禅是现世。河流汇于一道，水是所有的智慧。合体，合在一起就是禅。

艳阳下的人，听到尖叫的同时也听到内心的平静。人间寓言，每天都在讲述新的故事。禅不是神明，无身段，只发出自然的声音。隐士杀猪卖菜，隐士还是隐士。

心必无意，无意是定义。定义来于世间，世间世事，藏于机锋，归于禅。归于禅，就没了这个定义。

解为徒劳，还要解，是人类的通病。用汉语解，即使着一个字仍然啰唆。嫌疑是趣味，让人发笑，最后却板起了面孔。禅是先让人不恭，后肃然起敬。

对于禅的误解，比不解对世人要有用些，于是就误解下去。

禅不是敷衍。人开觉悟，觉悟却不是一门功课，不是修行。觉悟就是足够。

禅不可证明。说出的，只是说出了人的空妄。语言必通过腰斩。

禅非万能，这不是禅的尴尬。

禅，原本无名。无名即无力，因为没出生，力无处来，所以空无。为禅起一个名字，将失去禅的本原。禅在于空，余下的是感受。所以禅是感受，感受不同，无所谓，总之感受是禅，没感受也是感受——感受是禅。人是有名的，人只能对命名的事物进行思考，这是个恶习。

禅不是婴孩。人说禅，因心地实在，禅就成为有形。有形的禅，说无形的道理，禅被扭曲。世人的轻松得于悟，悟的是空无。禅是了悟，似人间幻影。佛，是禅的荫庇，是虚无的辩证，是自渡与渡人。

禅是公案，是不朽的玩闹，是一些玄妙的寻常话。禅宗故事，要说简单，也简单得很。禅不神秘，要入得来，要入得坦荡。禅师身体力行，不谈理论，只有这样，才不至于偏得太远。听故事的人不是当事人，故事听来，尽是隔，再悟，又隔了一层。禅在悟中，不是被减少，而是被分解。减少，扎根于同一个量。分解则不同，量不同，也许你扯到大头，或者我拿到小块，可能他一无所获。

禅在悟中已经支离破碎，却还要悟，这不是佛家规矩，倒是凡人在斗气。

当代有禅吗？有。当代是乱象的——这样说，并非是指古代就不是乱象的。

禅不理乱象，禅就是禅，象是象。鸡不是鱼。人世的透析必拨开迷雾，禅是历程，不是工具。禅是新谱的民间歌谣。禅是空的，但不抽象，只觉得空，亦感到这空是元合饱满的空——禅显露真一。

尖叫声中有禅，尖叫是当代的特性，尖叫不是对禅抱有敌意，而是一种新禅音。

禅是反的，必须反抗，必须破壁。尖叫是物欲做的底子，本是不甘、挣扎、绝望，所以尖叫，如果不尖叫，你就是个奴隶。

禅是死生契阔，必有大不满，方有大开化。

禅是空无一物,又生生不息。禅非指派,却给人一条道路,走就走,如不走,这条路还在。禅在当代,被指为形态可笑。实际上,禅在当代显得是过分严肃了。

　　一切皆入禅,非禅也是禅。这竟然就是禅!

　　禅。